新文京開發出版股份有限公司

新世紀・新視野・新文京 — 精選教科書・考試用書・專業參考書

New Wun Ching Developmental Publishing Co., Ltd.
New Age · New Choice · The Best Selected Educational Publications — NEW WCDP

第二版

筆尖上的中文

施忠賢 編著

完成

序² PREFACE（源自第一枝筆）

從作者的角度，我期待這是一本「書中書」。書裡有兩個作家，其中一個大（噢，是老）作家寫了一本要讓另一個作家寫的書（先按 PAUSE 一下），看不懂？就是說這本書的作者，在書本留下讓另一位作者可以把書一起寫完的設計（再按 PLAY 繼續），所以作者有兩名，一個寫書，另一個在書中寫書。

如果這樣的期待是被認可的，那麼這本書最精彩的並不是第一位作者所寫的內容，因為那千篇一律，每本《筆尖上的中文》的內容都一模一樣，因為用的是同一枝筆。真正不同的，是第二位作者，有幾本《筆尖上的中文》，就會有幾位第二作者，他們用不同的筆尖，開啟了不一樣的書本內容，這才是最值得期待的，因為它讓這本書不是死的、固體的，而是活的。

最後要感謝學校同仁袁長瑞老師，他是我國中同學，雖然交情如水之淡，但他經常以他著作等身、暢銷作家的光環來驕我，並用過來人、老前輩的口吻期許我也寫一本。我點了點頭，一條熬夜的路便於焉展開…。

如今書完成了，噢，不！必須加上第二作者的後記，全書才能叫做：「完成」。

作者簡介 AUTHOR

施 忠 賢

學歷： 　高雄師範大學教育系學士
　　　　　中央大學中文研究所碩士
　　　　　中山大學中文研究所博士

經歷： 　新竹市培英國中教師
　　　　　桃園市大崗國中教師
　　　　　明道大學中文系副教授

現職： 　文藻外語大學應用華語文系副教授

目錄 CONTENTS

單元成績表						
	單元一	單元二	單元三	單元四	平均	加分
第一篇						
	單元一	單元二	單元三		平均	加分
第二篇						
	單元一	單元二	單元三		平均	加分
第三篇						
	單元一	單元二	單元三		平均	加分
第四篇						

第一篇

文字的尺度

　　這是本書的首篇，也是課程的開始。篇名是「**文字的尺度**」，範圍集中在字詞的熟悉與訓練，算是基礎部分。通常地基打得越深，大樓才能蓋得越高，因此全書四篇之中，唯獨第一篇擁有四個單元。這地下四層各有其功能，請循序漸進。

　　單元一是熱身操，旨在領略，透過一些例子的呈現，感受一下文學所看到的世界，以及她與現實不同的邏輯法則，所以這單元名為「**文學的世界觀**」。

　　單元二練眼力，旨在辨析，在許多相似的蛛絲馬跡中，分辨出每個字詞其實大不相同，所以這單元名為「**字詞的DNA**」。

　　單元三開始動手寫，旨在添加，強調熟練形容詞、動詞及名詞的修飾能力，讓文字具備更美麗的景致，所以名叫「**符碼的工筆畫**」。

　　單元四則找範例，旨在臨摹，希望將他人的文意、發想作為自己文學的養料，並用改寫的方式消化為自己的文句，所以名叫「**筆尖的易容術**」。

單元前的文學300秒

1. 你認為文學的句子和一般的句子有什麼不同？

2. 請舉出你印象所及，具有文學內涵的三個句子。

單元一　文學的世界觀

● ○ ○ ○

　　我們常問：文學與非文學有何不同？其實並沒有太大的不同。這就像美人和普通人的身體構造和器官位置往往大同小異，細分並無差異，但美與不美就在很細微處區分開來。嚴格說來，並沒有一種明確的「文學」成分或標記，依附在所謂的文學語言之上，但語言文字的效用度卻是很具體明顯的，所用的符號大約相同，但效度卻有高低。因為語言符號很像樂高積木，在高手拼接下會有不同的巧思或趣味，疊著疊著，一個袖珍有型的世界就出現眼前。試看以下三組句子：

- 機會屬於有準備的人／當機會按你門鈴時，千萬確定自己在家

- 他的腦袋比石頭還硬／他的腦袋比石頭還要石頭

- 好難吃的一頓飯／真是一頓讓人想吐出來、而不是吃下去的飯

　　上述三組前、後兩句的意思大致雷同，但由於用以構築成句的符號元素有所不同，以致呈現出來的風貌和味道便有了差別，就像同樣用積木拼裝飛機、坦克，精粗巧拙下的不同成品，在美感效果上就是有明顯的高下之分。

　　以第一組為例，前句像格言或訓示，乃是簡單地將「機會」與「準備」聯結在一起，讓人重視這兩者的密切關係。後一句的重心反而是放在「按門鈴」上，於是「在家」、「不在家」成了關鍵，順勢便帶出了一種時間的迫切性和緊張感，相較之下，自然比前一句來得具有劇情上的生動緊湊。

　　第二組這兩句的構成元素幾乎相同，只差前者用「硬」這個字眼，單純就是形容詞。後者就來得奇巧，用的是「石頭」，看似重覆前面已經有的「石頭」一詞，但「比石頭還石頭」造成一種似無理卻充滿誇張效果的評語，把那種無奈或惱火的情緒更加強化了。

— 練 習 —

1. 談論至此，不知諸位對於第三組的看法如何？請依著上面的分析，嘗試給出自己對這兩句的感想。

得分 _____

其實說話寫字倒也不必如此計較，但我們常說一個人的「談吐」如何如何。「談吐」是一種練習的結果，拿起筆來，會寫出令人心動的情話、可以化解僵固的心結、能振起一代的人心，讓眼淚、笑容、勇氣、思想隨著你的筆尖跳舞，時而華爾滋，時而恰恰、探戈，至不濟也可以手舞足蹈，那這枝筆有幸跟著你這雙手，一定會覺得與有榮焉。

哈利波特剛拿到魔杖的時候也是不會使用，但那可是冬青木內藏鳳凰羽毛的好魔杖，連佛地魔也愛用。每個人都有這麼一枝屬於自己的魔杖，就看你懂不懂得使用的法訣了。

「眼到」、「心到」、「手到」是文字寫作的三個要訣，眼到和心到屬於文學的心靈；手到則屬於文字的技巧。這兩者都必須時常練習才能開啟另一個世界－「文學世界」。而練習的門道成千破萬，這裡，我們就順著上面「眼到／心到」和「手到」的兩個層次，利用兩個簡易公式，讓大家領略一下「文學世界」與我們日常世界有何不同。

一、A＝B

可能是我們成天在看，使得左右眼的視力嚴重形式化、呆板化，外面的人事物對我們而言成了索然無味的布景、食不下嚥的糠秕，難怪我們形容天氣總是「風和日麗」、報導演唱會一定用「high 到最高點」，甚至在自傳裡介紹自己的家庭無非「家境小康」。我們語言的能力隨著眼睛的視力嚴重地弱化中…。

想讓自己的語言與眾不同，那得戴上眼鏡或張開第三隻眼，才能看見花花世界。試看，一池荷葉在顏元叔先生的眼中成了：

> 我在長堤的中間停步，盡量把腳尖逼近水池，彎屈膝蓋，低壓視線，向荷葉間望去，但見一層層的荷葉，像疊居的都市人生。(註❶)

他停步、靠近、低身、望。雖然這不屬於文字技巧，卻是文學心靈的培養工夫，使得 A（層層荷葉）成了 B（疊居的都市人生）。

看完植物，來些活潑的動物。作家喻麗清在文章中寫道：

> 那隻蜜蜂一站到花心上去，花莖就不勝負荷地彎垂下來。「太重啦！」彷彿有一聲甜美的呼喊，嚇得蜂兒直跳起來，花兒才又彈簧似的彈回原位，伸直了花梗。我遠遠望著，竟覺得那些軟枝小草花，一朵一朵正對著離去的蜜蜂鞠躬。(註❷)

這段觀察的文字雖細心，但如果沒有最後那將花朵回彈(A)看成對蜜蜂鞠躬(B)，可就少了畫龍點睛的一筆。原本單純的蜂兒採蜜，卻在文人的筆下讓花兒也俏皮地向蜜蜂道起謝來，魚幫水、水幫魚的水中情誼在空中上演著。

佛教說佛有佛眼，佛眼之外有天眼，孫悟空是火眼（金睛），我輩凡人除了肉眼外，多少要培養文藝之眼，那便到處都是哈利波特的奇幻世界了。且看作家陳幸蕙把筆尖一揮，蘋果皮就流成了一條河：

如果你拿一條長而軟的蘋果皮，從肩膀上垂下來，它就會自然變形，變成一段密西西比河的樣子⋯。^{（註❸）}

這條河有著蘋果果肉的清爽馨香，河水晃漾著甜中微酸的蜜汁，由於從肩上垂瀉，它像極了九天落下的匹練。牛頓也使過一次蘋果魔法，從 A（蘋果）掉出來的 B，是一條跟江河同樣滔滔的物理公式。

這種將 A 寫成 B 的手法，不只讓題材趣味了，也可以寫得很深刻：

室外有一湖。人工湖

我問：你為何要躺在如此高曠的地方呢─

這裡的氣候太乾空氣太髒風景太少

而人類太多⋯

因為，湖說：這樣

這樣上帝才看得見

地球表面上

有一顆

眼淚。^{（註❹）}

這裡的 A（湖）和 B（淚）之間不僅僅是一種文學的聯想，還安排了許多線索與條件，包括：人工（對比於自然）／高曠（呼應上帝）／環境差、人類多。藉由這一連串的鋪陳，這滴淚才能如此動人。

　　同樣的景緻，而且也都是日常周遭的平凡事物，肯注意、觀察便是「眼到」，把它們用天馬載到無垠的想像天空便是「心到」。常做這種練習，你便拿到一把文學世界頒給你的榮譽市民之鑰了。

── 練 習 ──

2. 生活周遭的許多事可以用來培養「A=B」的文學心靈。請針對**結婚新人走紅毯、北韓試射飛彈、購物人潮大排長龍**，選擇其中一個，幫它來個文學化妝。

 得分 ＿＿＿＿＿

二、A 是−A，−A 是 A

如果 A 可以是 B（或 C 或 D），那麼 A 也可以是−A 了。A 是 B，有點近似比喻，只是以另一物來形容這一物而已，不太會違反一般人的日常感受。但若 A 是−A、−A 是 A，則這種違反邏輯、卻又似乎合理的張力，就容易製造出深度來。且看下面的例子：

關切是問

而有時

關切

是

不問（註❺）

問(A)也是關切，不問(−A)也是關切，這與下面這句相仿：

通往天堂最短的距離，是戀愛；通往地獄最短的距離，還是戀愛。（註❻）

戀愛通往天堂(A)，也通往地獄(−A)。就是利用這種弔詭的手法，彷彿人生的道理被發掘了出來，而戀愛也成了一種禪悟。

人生處處都是禪悟，只是我們根性太鈍。都說文學家多愁善感，這其中的好處是他們往往可以看出許許多多浮映在空氣中大大小小的人生待悟題：

信來了，讀著信牽牽掛掛，信不來，望著郵差的背影牽牽掛掛。^(註❼)

這真是再平凡不過的體驗了，完全違反邏輯，卻又符合人性。看來文學相當反邏輯。信，看似是牽掛的解藥，然而又像牽掛的病根，最難為的是郵差啊。

在這樣的天地中獨個兒行走，侏儒也變成了巨人。在這樣的天地中獨個兒行走，巨人也變成了侏儒。^(註❽)

侏儒與巨人已經是 A 與－A 的對比，再加上前頭才說這樣的天地是會讓「侏儒變巨人」(A)的，後頭馬上又說會讓「巨人變侏儒」(－A)。A 與－A 在句中反覆交錯，而這片天地的深邃性就因而強化了。

這種 A 與－A 的遊戲可以有許多的玩法，像下面文句就又有不同：

生命，生命，生命就是孤獨加不孤獨嗎？^(註❾)

依邏輯的法則，A（孤獨）加上－A（不孤獨）便窮盡了一切。可如今被作者這麼一問，我們似乎觸及到超越於 A 與－A 以外的生命界域了。

為了讓文字有深度，我們也要試著駕馭「A」與「－A」這一對哥倆好、美女與野獸、光與影、to be 與 not to be…。

── 練 習 ──

3. 來一組「月圓 VS 月缺」，看看自己究竟可以為這兩者，告訴別人什麼樣的體會。

 得分 _____

 註

❶ 顏元叔《人間煙火・荷塘風起》

❷ 喻麗清《依然茉莉香・苜蓿和中午的妙境》

❸ 陳幸蕙《與你深情相遇・密西西比河上的沉思》

❹ 陳克華《星球紀事・室內設計・後記：室外》

❺ 敻虹《紅珊瑚・記得》

❻ 蔡詩萍《愛，在天堂與地獄之間》

❼ 吳鳴《湖邊的沉思・信》

❽ 余秋雨《文化苦旅・陽關雪》

❾ 許達然《遠方・午後》

單元前的文學300秒

1. 你認為中文裡有兩個字是完全相同的嗎？

2. 你可以為日月潭、濁水溪、墾丁，換個意涵相同但字眼不同
   的名字嗎？

單元二　字詞的 DNA

　　基於從小識字的程序，我們常將文章由小到大、由部分到整體，細分成字詞、句子、段落和文章。文章寫得好，有時是由於用字遣詞妙，有時是名言佳句多，有時是段落立意深切，很難說哪個重要、哪個容易哪個難，也不好說哪個是基礎哪個是高階。只是由於字詞所涉及的單位較少，甚至可以針對單個字詞作辨析，所以常被拿來作為練習的開頭。

　　底下的三個單元都是以字詞為練習的單位。首先是一種對於字詞的重新認識，俗話說：「因誤會而相愛，因了解而分開。」對於文字創作而言，不了解每個字詞的特性，就像是把西施和東施看成一樣美、以為狗和熱狗有關係、還可能分不清楚皮諾丘和皮卡丘有什麼不同。

　　有關於字詞修飾，我們常常會舉賈島與韓愈兩人「推敲」的傳聞為例。相傳賈島作了一首詩，其中「鳥宿池邊樹，僧□月下門」有一個字思索許久，不知該填「推」好，抑或「敲」好？正沉吟間，不覺迎頭撞上當官的韓愈的隊伍。機緣之下，賈島把這個傷腦筋的問題向韓愈討教，韓愈想了想，建議：「敲」字好！

　　雖然這個故事是杜撰的（兩人的生卒年代不可能相見），但卻具有修辭上的範例作用。試想：這裡若用「推」字，那麼「鳥宿池邊樹」是靜，因為連鳥都酣睡了，萬籟俱寂；而「僧

推月下門」也是靜，因為僧人夜歸，而且手推寺門，應不致發出太大響聲。

但若用「敲」字，則前一句仍然是靜，可後一句「僧敲月下門」這一「敲」，就震破了天地的靜寂了。更何況接續「敲」這舉動而來的：寺內僧人被吵醒、起身、走動、開門，甚至可能會詢問（是誰？）、抱怨、咒罵…等等，原本靜謐的月夜，因這一「敲」便全然噪動了起來，說不定連第一句池樹上的鳥兒也因而驚醒亂飛了。

於是用字不同，就造成「靜－靜」、「靜－噪」兩種不同情況。當然，可能有人更喜歡「推」，因為它保持了意味深長的寧靜；當然靜與噪的對比，也同樣饒有文學興味的。

但如果我們再深一層分析，則「推」與「敲」還可以引發敘事效果的分歧。當僧人是「推」開寺門，那麼肯定寺院的門是開著的，但夜深如此，為何寺門不關呢？合理的推測是寺院方面早知僧人會夜歸（又或者寺院只有夜歸僧人獨住）。這麼一來，僧人進門以後，接著自然會回到禪房，解衣上床入睡。也就是說，當僧人「推」門而入，故事便結束了。

那假設是「敲」門呢？那代表門鎖著，應該沒人知道僧人會夜歸。接下來寺院內會有一番小鬧騰、有人會來開門、看到僧人免不了會詢問原因、如果這是不假夜歸那問題就大了…，種種聲響、動作、言語、效應會接踵而來。也就是說，當僧人「敲」響了寺門，故事才正要開始。

　　也許，就因為想讓詩句有好戲看，傳聞中的韓愈才會認為用「敲」字好。除了「靜－噪」的對比外，「敲」字也多了那份無窮的餘韻。

　　唐代詩僧齊己有一首〈早梅〉詩，其中一句：「前村深雪裡，昨夜數枝開。」講的是梅花在大雪深埋的銀色世界裡，竟然吐露花蕊、散發幽香，為大地傳來心跳脈動的眼前奇景。他拿著這首詩向同是詩人的鄭谷討教。好好的一則冰雪奇緣，鄭谷卻批評道：「『數枝』非早也，未若『一枝』。」^(註❶)

　　數枝不是更壯聲色嗎？眾芳齊綻，春意豈非更嬌？但鄭谷咬定了「早」字作文章。的確，「一夫當關」比「眾夫當關」要有氣勢多了，春意也是如此。最寶貴的一定是第一道曙光，雖然合數十道曙光後天色會更明亮。

— 練 習 —

1. 就你對於字詞的感覺，為每個□字或____格，選擇最適合的答案。

（　）(1) 釣水，□事也，尚持生殺之柄（①逸　②趣　③雅　④閒）。

（　）(2) 奕棋，□戲也，且動戰爭之心（①鬥　②遊　③博　④清）。

（　）(3) 事到眼前，知足者□境，不知足者□境（①優／劣　②仙／凡　③美／惡　④真／假）。

(4) 少年讀書，如隙中窺月；中年讀書，如庭中_____月；老年讀書，如台上_____月。

(5) 山之光，水之_____，月之_____，花之香，文人之韻致，美人之姿態，皆無可名狀，無可執著，真足以攝召魂夢，顛倒情思。

得分　_____

另一個知名的範例是王安石的「春風又□江南岸」。對於中間那個未填的字，作者多次更易，因為可用的字不少。撇開押韻的問題，一般人都可以輕易隨筆補上空格，像「至」、「過」、「度」、「拂」、「臨」…等。但王安石最後選定了「綠」字。

　　單就初讀的感覺，多數人想必都覺得「綠」字勝出。「春風又綠江南岸」比起「春風又至江南岸」真的「風」情萬種了不少，而且多了豐富的視覺與色彩效果，並將春風與江南（岸）兩者呈現成「主動－被動」關係。也就是說，是春風展現了動能（主），將江南（被）化為一片翠綠。在其餘的「至」、「過」、「度」、「拂」、「臨」等，春風與江南兩者是平行（或並列）關係，沒有誰受力、誰施力的問題。可以說，「綠」字隱隱有一種擬人的效果，春風成了造物精靈，施法妝點了（江南）大地。

　　不過從掌握文字性質的角度而論，還有必要針對「至」、「過」、「度」、「拂」、「臨」等字眼的不同內涵加以比較，以鍛鍊自我對於個別文字的語感。譬如以「至」、「過」和「度」這三者作對比，這三個字雖然相近，但「至」是到達一個定點；「過」是通過一個定點（或線、地區）；「度」則比前兩字籠統，可以兼具這兩種意涵。這三者同樣都著眼於空間、距離，性質單純，但用了不同的字，則春風吹動的方式也會跟著有所不同。

　　「拂」雖然也有空間上從 A 點掃向 B 點的距離性質，但「拂」字明顯是仿自人的動作，此字從「手」，這使春風在吹動時多少有了人味；「臨」則有別於「至」、「過」、「度」、「拂」的平行運動，乃是一種由上到下的垂直降落，加上「臨」同樣也是擬自於人，此字有「目」（臣），俯瞰的意味十足，這使得春風如神祇降臨，讓江南煥然改裝。

　　上述這兩個例子分析起來有點囉嗦繁瑣，正可以證明每個字詞的誕生都內含有精密且獨特的 DNA，寫作時千萬不可以亂點鴛鴦譜，否則硬把王八配綠豆，任誰也不會看好的。底下有個練習，大家可以試試自己當媒婆牽紅線的能耐，寫得好，你就可以當起現代韓愈，隨時等著「推敲」別人。當然，在這之前，你得先當柯南，好好循著蛛絲馬跡，最後大聲說出：「凶手…就是你！」

── 練 習 ──

2. 蘇東坡、黃庭堅、秦觀、佛印和尚四個人，同遊一座寺院，發現院牆上題有唐朝大詩人杜甫所題的詩，其中一句「林花著雨胭脂□」中的最後一個字由於院牆剝落，已經模糊難辨。當下蘇東坡提議：在場四人各顯詩才，嘗試補上這個字。結果蘇東坡補了「潤」字；黃庭堅補了「老」字；秦觀補了「嫩」字；佛印補了「落」字。回去之後翻閱杜甫的詩集，才知道杜甫原詩所下的是「濕」字。

請問：

(1) 「潤／老／嫩／落／濕」，你認為哪個字下得最好？為什麼？

_____字最好。

因為：

(2) 除了上述幾個答案外，你認為還可以填上什麼字？

得分　_____

註

❶ 宋長白《柳亭詩話》

單元前的 *文學300秒*

1. 你認為一個句子裡的動詞、名詞和形容詞，哪一個最具文學
   活力？

2. 舉一個你認為足以形容或代表你自己的動詞、名詞和形容詞
   各一個。

單元二 符碼的工筆畫

○ ○ ● ○

一、形容詞

你一定讀過徐志摩的〈再別康橋〉，用字淺易卻惹人情思：

輕輕的我走了

正如我輕輕的來

我輕輕的招手

作別西天的雲彩

句中堪稱靈魂的，是「輕輕的」、「西天的」這幾個形容詞。試想若沒了這些形容詞點綴，全詩大概就全無韻致了：

我走了

正如我來

我招手

作別雲彩

不僅抒情的味道盡失，連節奏都變得急促生硬。雖然「走」、「來」、「招手」和「作別」這幾個動詞也往復多情、劇情十足，但若不跟這些形容詞共同登台，就顯得急促過動、像似無頭蒼蠅一般。作者連用「輕輕的」，一來讓節奏緩了過來，二來讓韻味悠了起來，三來讓聲音沉了下來。而「西天的」，不只點出方向、點出時間（黃昏），也一語雙關（歐美）。

　　以古典詩為例，也有同樣的情形。杜甫的「穿花蛺蝶深深見，點水蜻蜓款款飛。」^{（註❶）}如果去掉形容詞（深深、款款），便成了「穿花蛺蝶見，點水蜻蜓飛」，那作者和讀者只看到蝴蝶穿花、蜻蜓點水！這又如何？這些豈不是尋常可見、稀奇什麼？句中的「深深」和「款款」，正是蝴蝶和蜻蜓的精魂，原來蝴蝶躲在花叢裡了…。不，牠時隱時現、忽停忽飛，這才是蝴蝶，這樣的蝴蝶才是活的、才有美感。同樣，「款款」讓蜻蜓的速度變慢、停留水面的時間拉長，意態也變閒適從容了。蜻蜓這時似乎不捨得離開水面，一直低飛盤桓，時而輕點、又迅即拉高，卻又再度落下，反覆玩耍著，水面被牠（們）畫出了圈圈漣漪，此起彼落，煞是熱鬧。

　　所以文字技法有時雖然強調簡潔有力，重在刪減；但對初學或一般人而言，「加法」才是入門正宗，因為多描寫、多用技巧可以砥礪自己的功力。雖然江湖傳言：「無招勝有招。」但對習武者來說，不出招又如何克敵制勝？「加法」便是文學武藝的招數。

　　且看張拓蕪先生這一小段：

　　到如今我仍堅持：生命應該像鞭炮，劈哩啪啦一陣就完了，有聲勢、有繽紛、有壯烈、也有淒美。^{（註❷）}

　　文中的形容詞可不僅止於「劈哩啪啦」，後面一連串「有聲勢」、「有繽紛」、「有壯烈」、「有淒美」…。彷彿鞭炮炸起、爆響不迭，不僅聲勢驚人，且呼應了「劈哩啪啦」，渾似強者連環出招，攻得對手無喘息餘地。

有人甚至招式停不下來，被慣性定律拉著直衝，按了 stop 鍵還往前多打了好幾下：

海水朝朝朝朝朝朝朝落，浮雲長長長長長長長消。^{（註❸）}

這算是另類的趣味了。諸位該練的，是像如下的例子：

那一年

酒酣之後

留下一封絕命書之後

他們<u>揚著臉</u>走進歷史

就再也沒有出來^{（註❹）}

「揚著臉」的生動神情，讓「酒酣」的酒精成分發酵了、將走進歷史的模樣形容得真切。「絕命書」的決心明擺在臉上，也讓「再也沒有出來」的結果，一點也不讓人意外。這就是好的形容詞最大的優點－「俗擱大碗」，很簡單，效果卻又很不簡單。

─ 練 習 ─

1. 作家木心說：「快樂是吞嚥的，悲傷是咀嚼的。」^{（註❺）}
   這句話最精神的是兩個形容詞。可以用的形容詞未必只有這一組，請為這句話擬寫三組形容詞。

   (1) 快樂是_____的，悲傷是_____的。

   (2) 快樂是_____的，悲傷是_____的。

   (3) 快樂是_____的，悲傷是_____的。

   ☕得分 _____

二、動詞

作家張曉風在一篇名為〈我喜歡〉的文章中，只用了動詞「喜歡」，就成了佳句：

> 我喜歡，我喜歡，這一切我都深深地喜歡！我喜歡能在我心裡充滿了這麼多的喜歡！

只見滿天的「喜歡」在空氣中跳舞，第一個「喜歡」只是表態，第二個是加強，第三個我們已經接受了她的證明，證明她真的很喜歡！第四個讓喜歡升級，連「喜歡」也喜歡進去了。動詞運用至此，完完全全符合上面所說的：既簡單，又不簡單！

動詞常被視為句子的心臟，它是所有行動的源頭，動詞下得好，句子就活蹦亂跳，一副精力旺盛的模樣。所以千萬別輕忽動詞，否則句子成了行屍走肉，那整篇文章豈不成了「暫時停止呼吸」了。且看：

> 天空那裡會在意
>
> 他無心描繪在半畝裡的
>
> 千萬分之一的影子
>
> 到黃昏釣者終要頹然擲竿
>
> 因為眾餌皆<u>誘</u>不上一尾白雲 ^(註❻)

「誘」字好，把「餌」的動機不留情面地給揭發出來了。這一片白雲也因為「誘」不上，在悠閒的情調下還加了分灑然不露的睿智，活脫是個諸葛，正羽扇綸巾地嘴角微笑著。

意境太高？還好而已！再看洛夫這首：

晚鐘

是遊客下山的小路

羊齒植物

沿著白色的石階

一路<u>嚼</u>了下去^(註❼)

洛夫化無形為有形，一個「嚼」字就把鐘聲與羊齒植物疊合為一。陣陣的鐘聲、級級的石階、次次的嚙咬，頻率相同地蔓延開來，鋪出了一條下山的路。這與上個例子的「誘」相當，都是意象鮮明活潑，極其「好動」的動詞。

至於如何激發自己動詞的活力？我們可以用蘇東坡在《赤壁賦》裡的一個句子－「月出於東山之上」作示範。蘇東坡用「出」字作為月亮那一晚的全部劇本，顯得有些籠統含糊。可能考量到月亮是老牌的大腕演員，千萬億年來每天上演這個戲碼，絕沒有不會的道理，又何必講細了、說死了，讓月亮自行發揮就得了。

不過新手編劇的我們卻不能如此，必須清楚明確，否則主角發起火來，撂下一句：「都沒寫，我怎麼演！」那可讓人吃不消。所以我們提供了三種版本：

- 月<u>昇騰</u>於東山之上
- 月<u>踱步</u>於東山之上
- 月<u>現身</u>於東山之上

　　寫這三種不是想與大文豪別苗頭，而是作為動詞「加法」的熱身操。「昇騰」是由下往上的動作，偏屬於物理範圍；「踱步」可是人類行為，已經是擬人技法了；「現身」還是擬人，但多了份劇情－躲？尋覓？驚喜？於是我們得到了三個月亮：一個是隸屬於太陽系的小衛星，一個吸收日精（月華？）成了人；一個可能變人很久了，開始學起演戲來。

　　這種對於「出」的加法，當然未必比得上原來的簡要，但卻是我們在成為蘇東坡以前必須作的功課。

練 習一

2. 眼下，又有一個挑戰大師的任務。請你為下面例句中的動詞
（____部分）提供三個版本，並略加解釋各版本間的異同。

例句：清風徐<u>來</u>，水波不興^{（註❽）}

(1) 清風徐_____，水波不興

(2) 清風徐_____，水波不興

(3) 清風徐_____，水波不興

(4) 說明：

得分　_____

三、名詞

　　名詞是眼到、心到的東西，所見即是、所覺即是，往往只需要把它「拿」出來即可，不像形容詞要揣摩、動詞要編劇。以李後主最著名的作品為例：

　　問君能有幾多愁？恰似一江春水向東流。（註❾）

　　針對抽象問題（愁），後主用具體的景物回答。這個問題如果讓嵇康來回答，那他可能高聲吟哦：「目送歸鴻，手揮五絃。」（註❿）這個答案高致、清雅多了，但與上述的「問君能有幾多愁？恰似一江春水向東流。」一樣都是借景抒情的手法。

　　名詞所能發揮的功能遠比我們想像來得大。英文文法規定要有主詞、動詞才成句，可見名詞只是整體句子的零件。但在中文裡，規矩不一樣了，試看：

　　枯藤老樹昏鴉，小橋流水人家。古道西風瘦馬，夕陽西下，斷腸人在天涯。（註⓫）

　　清一色都是名詞、景物（除了「西下」、「在」之外）。光是名詞的藝術力和感染力，就可以發揮這種無與倫比的效果。

　　所以切莫以為動詞是動的、名詞是靜的，所以名詞較無爆發力。聞一多先生的名作〈死水〉中，真正起作用的全是名詞：

　　這是一溝絕望的死水，

　　清風吹不起半點漪淪。

不如多扔些破銅爛鐵，

爽性潑你的剩菜殘羹。

也許銅的要綠成翡翠，

鐵罐上銹出幾瓣桃花；

再讓油膩織一層羅綺，

黴菌給他蒸出些雲霞。

讓死水酵成一溝綠酒，

飄滿了珍珠似的白沫；

小珠們笑聲變成大珠，

又被偷酒的花蚊咬破。^{（註⑫）}

翡翠、桃花、羅綺、雲霞、綠酒、白沫、大珠，何止五顏六色，簡直瑰麗豔美極矣。摻和入另一組的破銅爛鐵、剩菜殘羹、油膩、黴菌、花蚊，這溝混合物竟如餿掉的滿漢全席、腐爛的美人屍體，創造出令人咋舌不已的藝術能量。套用電影界對於吳宇森導演作品的評語：暴力美學。聞一多這首詩極力馳騁其腐敗的暴力，卻讓人忍不住要讚歎他美學的成就。

再看一首輕鬆可人的：

一排燈

　排好一排眼睛

一排杯子

　排好一排嘴

一排椅子
　　排好一排肩膀
一排裙子
　　排好一排腿
一排胸罩
　　排好一排乳房
一排眼睛
　　排好一排月色
一排嘴
　　排好一排泉音
一排肩膀
　　排好一排斷橋
一排腿
　　排好一排急流
一排乳房
　　排好一排浪
　　　　　夜
　　　　　便
　　　　　波
　　　　　動

　　　起

　　　來（註⓭）

　　好一首令人眼花繚亂的情色走馬燈。那「排」字一會兒名詞一會兒動詞的，增加了不少視覺的繁亂。視線在各種事物跳動、流覽，杯子、椅子、肩膀、腿、乳房、嘴…在動，著了迷的雙眼也跟著急促流動，咖啡廳裡無處不動、無物不動，於是夜便跟著湧動不已。用近乎沒有的動詞（只有半個「排」），製造十足的動感，這雖然是魅力而非暴力，但同樣具有核彈級的震撼力。

　　還不是大作家的我們，也許沒辦法這麼大氣地擺出一大串的名詞來製造千軍萬馬的效果，但適時且適宜地填上好的名詞，是我們必備的幾把刷子。試看作家席慕容的作品：

假如生命是一列

疾馳而過的火車

快樂與傷悲　就是

那兩條軌道

在我身後　緊緊追隨（註⓮）

　　她用「快樂」與「傷悲」架成一道鐵軌，讓我們人生列車行駛其上，總結了列車上的大小故事與心情。

──練習──

3. 我們可以以此為練習，改寫這兩個名詞，讓這列火車經歷有別
   於樂與悲的不同旅程。就請為它搭建三道鐵軌吧！

   (1) _____與_____就是　那兩條軌道。

   (2) _____與_____就是　那兩條軌道。

   (3) _____與_____就是　那兩條軌道。

得分　_____

註

❶　〈曲江二首之二〉

❷　張拓蕪《左殘閒話・老，吾老矣！》

❸　引自譚全基《修辭薈萃》

❹　洛夫《釀酒的石頭・雨中過辛亥隧道》

❺　《瓊美卡隨想錄・風言》

❻　蘇白宇〈方塘〉

❼　洛夫〈金龍禪寺〉

❽　引自蘇軾〈赤壁賦〉、王羲之〈蘭亭集序〉

❾　李煜〈虞美人〉

❿　〈贈秀才入軍〉

⓫　馬致遠〈天淨沙〉

⓬　聞一多〈死水〉

⓭　羅門〈咖啡廳〉

⓮　席慕蓉《無怨的青春・美麗的心情》

單元前的文學300秒

1. 如果要你寫關於「親情」的詩，你會參考哪些前賢或今人的作品？為什麼？

2. 「再忙…也要和你喝杯咖啡。」這句廣告詞如果要用在電影院（例如：威秀影城）的廣告，你會怎麼改寫？

單元四　筆尖的易容術

○　○　○　●

詩法中有一招叫「奪胎換骨」，名稱霸道陰狠，好似出手便要破人腸肚、拆人骨髓般，是魔頭級的武林禁招。可惜文學習作中的「奪胎換骨」可沒那麼威風，其要訣在「奪」，這是強搶；在「換」，這是剽竊。所以說到底，「奪胎換骨」是模仿他人的文字，修改成自己的作品。

這雖然有點屬於偷拳的性質，但用來練習自己的文筆卻有其效果。試看，每個人初習毛筆時，或臨或摹，都是以名家書法為師，模擬日久，自有架勢筆意。這種做法自古有之，像將「竹影橫斜水清淺，桂香浮動月黃昏。」[註❶]稍加修改：「疏影橫斜水清淺，暗香浮動月黃昏。」[註❷]便成了千古佳句。

成功的例子還不少，像韋應物〈廣陵遇孟九雲卿〉有兩句：「西施且一笑，眾女安得妍？」強調西施一笑的媚力無匹，可算活色生香。但被白居易一改：「回眸一笑百媚生，六宮粉黛無顏色。」除了一笑外，還有眼波流轉（回眸）、萬種風情（百媚）。而對手則從普通女子（眾女）提升為特級美女（六宮），她們個個豔麗登場（粉黛），卻被回眸一笑打得從彩色變黑白（無顏色）。與白居易的楊貴妃相比，韋應物的西施全然「安得妍」。

瓊瑤填詞的歌曲「在水一方」，取自《詩經‧秦風‧蒹葭》，成為當時流行名曲，主唱者還是鼎鼎有名的鄧麗君小姐。

〈蒹葭〉的原詩為：

　　蒹葭蒼蒼，白露為霜。所謂伊人，在水一方。

　　溯洄從之，道阻且長。溯遊從之，宛在水中央。

　　蒹葭萋萋，白露未晞。所謂伊人，在水之湄。

　　溯洄從之，道阻且躋。溯遊從之，宛在水中坻。

　　蒹葭采采，白露未已。所謂伊人，在水之涘。

　　溯洄從之，道阻且右。溯遊從之，宛在水中沚。

改寫之後的「在水一方」，歌詞是：（作詞　瓊瑤）

綠草蒼蒼　白霧茫茫　有位佳人　在水一方

綠草萋萋　白霧迷離　有位佳人　靠水而居

我願逆流而上　依偎在她身旁　無奈前有險灘　道路又遠又長

我願順流而下　找尋她的方向　卻見依稀彷彿　她在水的中央

綠草蒼蒼　白霧茫茫　有位佳人　在水一方

我願逆流而上　與她輕言細語　無奈前有險灘　道路曲折無已

我願順流而下　找尋她的蹤跡　卻見彷彿依稀　她在水中佇立

綠草蒼蒼　白霧茫茫　有位佳人　在水一方

　　兩者情調、內容、用語的重疊性頗大。瓊瑤的改寫，有頗多值得我們參考學習之處。首先，她將曲名由「蒹葭」改為「在水一方」，這不能不說是個很精準的考量。試想，一首名叫「蒹葭」的歌曲，可能大夥搞個半天還弄不清楚這是啥米碗糕，還要解釋這是「蘆葦」。那幹嘛要唱蘆葦呢？蘆葦怎麼了？不是啦，蘆葦是象徵「佳人」。為什麼用蘆葦來象徵佳人？用花朵不好嗎？那是因為看到岸邊蘆葦隨風搖曳，所以聯想到佳人衣袂飛揚，這叫興⋯天啊！大作家用「在水一方」四個字，省去了多少唇舌！既富浪漫詩意，又暗指佳人（在水一方的當然是佳人，難道是指鴨子？），真是神改寫。

　　從「蒹葭」變為「綠草」，植物由古雅難懂的換成平易慣見的，色調也由白轉綠，符合南方味口，同時也將季節落定在春夏草木盛茂的美好時光。平常少見的「白露」改名「白霧」，考量的也是普羅大眾的見聞範圍。最重要的是把原詩中那些長得極其相似的「溯遊」、「溯洄」、「阻且躋」、「阻且右」、「水中央」、「水之湄」、「水中址」、「水之泗」這些會令人暈頭轉向的方向、位置、地勢等，一律用「逆流」、「順流」、「險灘」、「水的中央」（或「水中」）清楚標定，免得佳人在移動，這些詞語也在腦海中團團轉。天旋地轉的結果，恐怕佳人不是在水一方，而是溺水一方了。

— 練 習—

1. 歌手黃安這首「新鴛鴦蝴蝶夢」有明顯改寫的痕跡，請找出出
   處，並作評析。

   新鴛鴦蝴蝶夢　（詞曲：黃安　編曲：詹宏達）

   　昨日像那東流水　離我遠去不可留　今日亂我心　多煩憂

   　抽刀斷水水更流　舉杯消愁愁更愁　明朝清風四飄流

   　由來只有新人笑　有誰聽到舊人哭　愛情兩個字　好辛苦

   　是要問一個明白　還是要裝作糊塗　知多知少難知足

   　看似個鴛鴦蝴蝶　不應該的年代

   　可是誰又能擺脫人世間的悲哀　花花世界　鴛鴦蝴蝶

   　在人間已是癲　何苦要上青天　不如溫柔同眠

   (1) 改寫出處：

(2) 評析：

　　①

　　②

　　③

接著我們便以詩人馮青的作品〈河彎〉當中一小段為例，施展一下這招又奪又換的小把式：

下一世，我們還有美麗的地方相遇嗎？

我將在河彎等你

撐著我老態龍鍾的傘

沒有淚及豪情

只有大洪水過後的心境

我是乾搆的容器

原詩情意美、用詞美，無須改，也無力改。不過咱們為改而改，說不得要向詩人抱拳致歉、擺手請招。底下我們便一動一動地拆解，讓諸位武林同道把這招式看個明白：

第一動　下一世，我們還有美麗的地方相遇嗎？

第二動　我將在河彎等你　　　　→ 河彎蜿蜒了千年
　　　　　　　　　　　　　　　　　堅持一個約定

第三動　撐著我老態龍鍾的傘　　→ 傘拱起乾癟的老骨頭
　　　　　　　　　　　　　　　　　堅持同行

第四動　沒有淚及豪情　　　　　→ 來不及將淚水和豪情
　　　　　　　　　　　　　　　　　收入行囊

第五動　只有大洪水過後的心境　→ 浸濕了的心
　　　　　　　　　　　　　　　　　讓腳步沉重了起來

第六動　我是乾搆的容器

　　最大的改動幅度，是將等待者由「我」，增加為「我＋河彎＋傘」。也因此，第二、三動都使用了擬人法。於是等待的地方也從「河彎」（等了千百年，它等出生命來了）變成未知，甚至這可能不是「等待」，而有一種「尋找」的意味。

　　演示完畢，諸位依法施展，必有成效。

──練習──

2. 請對下面這首曲子進行改寫，每句都必須改動。
　　原文：陳勢安　天后（作詞：彭學斌）

　　我嫉妒妳的愛　氣勢如虹　→

　　像個人氣高居不下的天后　→

　　妳要的不是我　而是一種虛榮　→

　　有人疼才顯得多麼出眾　→

得分　＿＿＿＿＿＿＿

　　在字詞上作更動，學的是原來的「招式」，依然有原作清楚的形貌。若更放大改動的幅度，那麼取的便是「招意」了。招式是固定的，有模有樣；招意是靈活的，存乎一心。作家林文月有一段文字，存著「輕如鴻毛，重於泰山」的招意，卻寫下了這樣的文字：

我看見自己墜落下去。一次又一次。

以一種疾速如落石般的重量。

以一種飄忽如羽毛般的輕盈。(註❸)

「墜落」呼應著原句的「死」。差別在於原句是兩種死法作對比，在此則是又輕又重、像落石又似羽毛般，讓「死」在一次一次的重覆中，經歷著次次不同的感受，也呈現各自有別的意義。

王鼎鈞先生明示自己就是向陶淵明學來的工夫：

我們離開大路，沿著一條小溪前行，兩岸桃林，正值花季。我那時已讀過《桃花源記》，比附的念頭油然而興。幾棵桃花看起來很單薄，幾十畝桃花就有聲有勢，儼然要改變世界。一直走進去，好像深入紅雲，越走越高，戰亂憂患再也跟不進去。(註❹)

在這段處處依循著「忽逢桃花林，夾岸數百步，中無雜樹，芳草鮮美，落英繽紛」的句子裡，作者依樣紮馬步、舞拳腿、走方位，像極了和陶淵明一前一後、亦步亦趨地在演招數、練把式。而作者便如同在二十世紀的現代，重現了一趟陶淵明入桃花源的旅程。

隨著改寫的幅度越大，很可能招式的原貌已不復見，但用招的心法仍舊不變。金庸在其武俠小說《倚天屠龍記》裡有一段張三丰教張無忌太極劍法的情節，張三丰演示了一遍，張無忌一開始便忘了一小半，過一會又忘記一大半。張三丰重使一遍，招式竟與第一遍不同。最後張無忌將劍招忘得乾乾淨淨，

張三丰還稱讚：「不壞不壞！」兩人玩的什麼把戲？無非學的是招意、劍心，而不是招式。

下面這一段幾可比擬張無忌的太極劍法，劍意十足、招式全非，各位好漢且看：

（早餐時刻）主人匆匆的翻過報紙，擦擦嘴巴，把剩下的火腿連同一天的新聞丟進垃圾筒，帶著滿足的笑容提起公事包匆匆出門。

狗搖著尾巴，吐著舌頭，把沾滿食物殘渣的報紙拉到地上，從頭到尾細細膩膩的舔了又舔。

一隻伊索比亞來的，骨瘦如柴的孩童的手，此刻，從第四版邊欄的角落，無力的伸了出來。（註❺）

要猜出這段文字的真面目並不難，因為原句深入人心，引用度高。但左比對、右打量，這變臉也變太多了。原詩「朱門」與「路」是門內門外、富與貧的雙重對比；「酒肉」與「凍死骨」是飽與飢、生與死的雙重對比。最後酒肉發「臭」、屍體腐「臭」，則是前後對比。兩句之中有三組事物（名詞）彼此對比，結構四平八穩、境況差異懸殊，難怪讀後會造成心靈極大的衝擊。

作家杜十三用敘事手法，把原詩以名詞（朱門、酒肉、路、凍死骨）作為主的戲分，換角為動詞。像主人的「擦嘴巴」、「丟垃圾」，狗的「吐舌頭」、「舔殘渣」，餓童的「伸手」，都是全段劇力最強的要素。他還運用空間挪接的奇幻手法，讓凍死骨伸手想拿取酒肉臭，這使得悲劇停留在未完成，與原詩

是已成既定事實的情況有別。此外，原詩中只有朱門和窮人兩端，在這裡加入了狗，這已經是《孟子》「率獸食人」的意思了。

上述三個例子可分成三級，改寫的由小至大，然都不失原意。這種招意式的改寫，說是臨摹也好，是創作也罷，恰可作為由練習通往新創的過渡，練幾招在身上，哪天打通任督二脈，文思泉源、隨手成章，那就代表「出師」了。

— 練 習—

3.　諸位習「文」之人，應該聽過：「為賦新詞強說愁。」^{（註❻）}請依此「招意」，為原詩進行改寫。

（改寫的幅度請放大，可以加入敘事劇情、可以轉成詩歌，也可以變成短文）

 得分 ＿＿＿＿＿＿

 註

❶　唐・江為殘句

❷　林逋〈山園小梅〉

❸　林文月《作品・白夜》

❹　王鼎鈞《昨天的雲・戰神指路 1》

❺　杜十三《地球筆記・報紙》

❻　辛棄疾〈醜奴兒・書博山道中壁〉

第二篇
文辭的巧度

第二篇探討的是修辭技巧，所以篇名叫「**文辭的巧度**」。到了這一部分，可算是從地基冒出頭來了，所以講到寫文章、文學素養，許多人指的便是這種修辭能力。但修辭方法何止十百，就如同江湖門派何其多也，在此謹針對六個很常用、也很實用的入門工夫作介紹。千萬勿嫌少，一招，克敵制勝無須多，一招足矣。

單元一介紹轉品和轉化，這是兩個很變「態」的修辭格，一個將詞態變了、一個將萬物的形態變了，所以這單元名為「**變臉－轉品、轉化**」。

單元二介紹譬喻和映襯，這兩個技巧必須同時具備兩個構成要素，是修辭格中的對對佳偶，所以這單元名為「**捉對－譬喻、映襯**」。

單元三介紹夸飾和象徵，看似完全不相干的兩種修辭格，卻都很刻意，一個是誇張式的刻意，唸第四聲；一個是對事物有入木三分的刻意，唸第一聲，所以本單元名叫「**刻意－夸飾、象徵**」。

單元前的文學300秒

1. 你知道幾種修辭法？你寫作時又常用什麼修辭法？

2. 「擬人法」中，你記得什麼有名的句子？（若沒有，可以自
   創）

單元一　變臉－轉品、轉化

● ○ ○ ○

　　看過川劇變臉嗎？奇異、猙獰的不同臉譜，個別呈現時不過爾爾，一旦變置抽換，登時便吸引目光。在臉與臉的交錯甩替間，彷彿不同角色在秘密對話，又像彼此在傾洩各自的恩怨情仇，訴說出無限想像的故事，一下子便製造了驚異、詭奇的感覺。

　　「變」就是有這種化腐朽為神奇的特性，可以將一成不變改造成十足新鮮，格言所謂「流水不腐」、廣告強調的「要活就要動」，似乎在動、靜兩端的天平上，對於變動有著明顯的偏袒與加碼。形式主義(Formalism)強調「陌生化」(Defamiliarization)是文學最重要的屬性，原因也即在此。

　　在修辭技巧中，其實每種技巧都在一定程度上製造了語言的陌生化，也就是讓讀者閱讀到不同於日常的語言使用方式。在本單元中，我們挑選了兩個「陌生人」，它們比賀知章還讓人認不出來，不僅「鬢毛衰」，連鄉音也改了(註❶)，只能說它們動過變臉的手術，Before 和 After 真的差很大。

　　先說「轉品」。所謂轉品，是詞彙改變了它原來（或常用）的詞性，例如動詞作名詞用、形容詞當動詞用、名詞當形容詞用…等等。這可是漢字專屬的整型手術，其他表音文字連掛號、上手術台的資格也無。原因在於漢字本身並沒有字尾變化，所以無論單複數、動名形容等詞，都不會影響其字形。以

「名」這個字為例，「姑隱其名」中的「名」是名詞，名字的意思；「名之曰犬」中「名」是動詞，命名、稱呼的意思。兩個「名」雖有詞性上的不同，但在字形上完全看不出差異，所以轉品自然成了漢字的特殊才藝了。

之前提過的「春風又綠江南」就是很好的例子。「綠」一般當名詞、形容詞用，但在此卻當動詞用。〈出師表〉中解釋必考題：「親賢臣，遠小人」中的「遠」，從形容詞變為動詞。還有，胡適先生那篇〈我的母親〉中著名的「老子都不老子了」，「老子」不管是誰的老爸或《老子》的作者，都是名詞，但這裡第二個「老子」則當動詞。SKII 之前的廣告詞，美麗的蕭薔小姐告訴我們可以再近一點，因為她「曬得再黑，都可以白回來！」不管化妝品是否有效，至少「白」字的轉品手法是很有效果的。

除了字以外，詞組也可以使用轉品，像：

有一天，我和一位新同事閒談，我偶然問道：「你第一次上課，講些什麼？」他笑著答我道：「我古今中外了一點鐘。」^{（註❷）}

由四個名詞組成的「古今中外」，在這位新手老師的妙用下發揮了海闊天空的動詞效果，這堂課想必輕鬆有趣。

如果能將 Before 和 After 兩者 po 在同一個句子裡，那又是另一番滋味，請看蘇芮的「牽手」：（作詞：李子恆）

因為愛著你的愛　因為夢著你的夢

所以悲傷著你的悲傷　幸福著你的幸福

因為路過你的路　因為苦過你的苦

所以快樂著你的快樂　追逐著你的追逐

由於轉品常讓人覺得刻意、技巧，所以斧鑿的痕跡往往毫不避諱。但這麼前、後同 po，技巧上的刻意被前後詞性對比後所呈現的深度和雋永給沖淡了，有一種回歸自然的意味。

要練習轉品，通常就如上面所說，要先經歷刻意雕鑿的階段。且舉一例如下：

溪水日夜 不停 地趕著路　→　溪水將速度趕成 不停

誰都以為 大海 是她的終篇　→　為了終點　腳步不由 大海 了起來

山巒 微笑　讓出一條道路　→　沿途的景緻很 山巒

目送它消失在時間的 盡頭　→　路　給空間 盡頭 成一個看不見的點

如何？讀起來是不是有那麼點不習慣，這就是「陌生化」的初階段，古怪難免，多練幾遍就順了。找到句子，先用 □□ 鎖定轉品手術要動手的部位，再勇敢下刀吧！別怕，紗布卸下之後，世上就又誕生了一個帥哥美女…。失敗了？嗯，把人送上手術台，再來一次！

── 練 習──

1. 請列出五則使用轉品的句子，並標記轉品的字詞何在，以及說明它是由什麼詞性轉為什麼詞性。

第一句：

・ 說明：由＿＿＿詞，轉為＿＿＿詞

第二句：

・ 說明：由＿＿＿詞，轉為＿＿＿詞

第三句：

・ 說明：由＿＿＿詞，轉為＿＿＿詞

第四句：

・ 說明：由＿＿＿詞，轉為＿＿＿詞

第五句：

・ 說明：由＿＿＿詞，轉為＿＿＿詞

得分　＿＿＿＿＿＿＿

── 練 習 ──

2. 請針對下面句子^(註❸)中 ☐ 的字詞進行轉品（至少三處）。

　　我懷著 水仙 的心情→

　　垂下髮

　　白衣斜進 水 裡→

　　聆聽 松濤 的靜謐　→

　　用 兒時 的姿勢→

　　細數年 少時 的想望→

得分 ＿＿＿＿＿＿

　　轉品如果是整型，那麼轉化就是孫悟空的魔法了。孫悟空常拔身上的猴毛，對嘴吹氣便化為活蹦亂跳的眾小猴，這像極了轉化技巧中的「擬人法」。

　　擬人法是大家都熟悉的修辭法，自古常用，像是很有名的清朝文字獄的傳說，裡面無辜被政治牽連的書生，那句：「清風不識字，何須亂翻書。」便是用擬人法，可惜他讓清風有了生命，自己卻沒了性命，算是一命換一命。這是古人愛用的手法，所以範例不勝枚舉，隨手便能舉出三兩句：

- 蠟燭有心還惜別，替人垂淚到天明。(註❹)
- 韶光只解催人老，不信多情。(註❺)
- 垂楊只解惹春風，何曾繫得行人住。(註❻)

　　上面三個例句中，「垂淚」、「催老」和「繫留」是蠟燭、韶光和楊柳得以順利轉品的關鍵。由於這三個狀況接通了無情物的蠟燭、韶光和楊柳和有情思的人，所以不致於像童話中「會說話的石頭」只是趣味而無深意。因此擬人法的使用，尤其在文學裡，往往需要這種「無情→有情」的中介物，以便達成情意的聯想，這是讓萬物真正具有生命的重要魔法要素。

　　沒生命的事物透過人類的移情作用而多情了起來，這的確讓文學充滿了迴腸盪氣的氛圍。擬人法訴諸的是類似「天若有情天亦老」的偉大悲願，好似可歌可泣的情感或事蹟，必定會感天動地，讓無情萬物也會同喜共悲。

　　所以擬人法最重要的不是讓頑石點頭、叫花朵折腰，而是要將人的情性灌注其中，越有人味就越成功：

　　站在嗩吶旁邊，沒有一根毛髮可以睡覺，它叫醒了所有的耳朵起來傾聽。(註❼)

　　真是個大嗓門、愛飆高音的傢伙，可憐的毛髮，幾乎可以想像他們睡眼惺忪的模樣。至於最無辜的耳朵，隨時遭受不只噪音、而是語言暴力的威脅，只能立正站好，豎耳敬聽了。這段可愛的小插曲，給了嗩吶、毛髮和耳朵這三個小人物逗趣的戲分，讓人莞爾。

小河總愛曲折地拐了老大的彎，從上游竹圍人家的門前溜過，再穿過中游誰家的菜園子借個路。最後，嘩啦啦地向下游人家打聲招呼，便不知去向了。（註❽）

這「位」小河煞是活潑頑皮，你看「他」走路的方式：拐、溜、游，沒一刻正經，東家沾西家探，卻又不停留，活脫是個愛玩的傢伙。

這「位」則截然不同：

夜已頒下

黑色的禁令

只有燈，走出來

敞開的討論

光明（註❾）

好個大放「厥詞（光明）」的異議分子，在不見光明的戒嚴時代，竟公然宣揚起「變天」的論調。轉化到了這個分上，已不只於趣味而已，而是一種深沉的雋永。

但作家林清玄的這段，卻充滿了禪意：

貨車在大雨中，把我們的香蕉載走了，載去丟棄了，只留兩道輪跡，在雨裡對話。（註❿）

兩道永遠無法交錯的痕跡，竟隔空對話了起來！尤其是在大雨滂沱下、在滿車香蕉被拋棄的心痛下…說些什麼呢？可惜話語被大雨淹沒了…。

其實擬人法還可以側寫，張曉風這段便是：

> 路旁釘著幾張原木椅子，長滿了苔蘚…是誰坐在這張椅子上
> 把它坐出一片苔痕？是那叫做「時間」的過客嗎？^(註⓫)

從頭到尾，主角「時間」沒有正式露面，但卻無所不在，「他」留下了足以鑑識他曾經出現在現場的物證。不必賜與生命，「時間」便上演起神龍見首不見尾的戲碼了。

轉化的另一種形式乃是一種將事物的性質作轉移，姑且名之為「質變」。像傳說明太祖朱元璋還當和尚時所做的詩偈：「天為羅帳地為氈，日月星辰伴我眠。」把天當羅帳、地當毛氈，就是一種質變，至於怎麼蓋、怎麼躺，那就是朱元璋的事了，他是皇帝命，把天地當寢具應該也不為過。

不是齊天大聖、也沒有皇帝命的我們，仍然可以在文學的世界裡大施魔法，角色扮演起現代姜太公：

> 如果我有一根釣竿，我就釣那些花，我就釣那些水中的雲
> 影，我就釣那些失去了的閒情。^(註⓬)

花是不能釣的，雲影也是，閒情更是，三者由具體到影像到抽象，但同屬不能釣。然而在轉化魔法的催動下，你手上的那根釣竿就釣得起花、釣得起波光雲影，也釣得起悠悠閒情了。明朝的陳繼儒也學會這招，他說：「半塢白雲耕不盡，一潭明月釣無痕。」^(註⓭) 他不只釣明月，還要耕雲影呢！

　　轉化善於把抽象的事物給具體化，這讓許多看不見、摸不著的珍貴情感，清清楚楚地呈現在我們眼前，有重量、有溫度，甚至可以冷藏保鮮或醃製風乾：

　　中國父親對子女的示愛方式，則常顯得生硬草率。他們習慣把熱愛貯放在冰箱裡，固化為威嚴。^(註⑭)

　　熱愛是抽象的，即使溫熱，那也是假想的；冰塊卻是具象的，它再冰冷，但握在手中的觸覺卻真實得不容懷疑。重點是明明冷得觸手生疼，卻偏偏只是表象，溫熱才是它實際的溫度。

　　夏宇的復仇更奇特，像是在製造肉乾薄片，把捉摸不定的那個身影憑空抓取，就這樣晾了起來，無論是愛是恨，終歸有了笑談渴飲或笑語晏晏的對象了：

　　把你的影子加點鹽

　　醃起來

　　風乾

　　老的時候

　　下酒^(註⑮)

　　這種質變，可以化虛為實、化實為虛，絕不止於孫悟空的七十二變，你的創意到哪裡，轉化的變幻就到哪裡。在這樣夢幻迷離的世界裡，愛情可以揉一揉，丟到垃圾桶；可以把家人對自己的失望藏在左邊第四個抽屜；更可以收集班上每個同學

的笑容，帶到巴黎鐵塔前齊聲歡笑。轉化是一種很詩情畫意的白魔法，動人的篇章裡往往少不了它：

　　愛情在雨中

　　在濕濕的冷風裡

　　淋濕了半截

　　愛情

　　淋濕了

　　又風乾了

　　留下

　　許多的皺褶 (註❶)

　　是張紙嗎？愛情在作者的詩裡，好似一張濕了又乾、乾了又濕的紙張，如果是白紙，那只是平添了永難撫平的皺褶；如果紙上有字，那字裡行間一切的海誓山盟都漫漶模糊了；如果是結婚證書，那連彼此最後的關係保障都泡在水裡了。這張紙，讓世間男女走過所留下的「愛足跡」有了履歷證明。所以席慕蓉也利用轉化，在畫展裡展售她的：

　　我知道

　　凡是美麗的

　　總不肯　也

　　不會

　　為誰停留

所以　　我把

我的愛情和憂傷

掛在牆上

展覽　　並且

出售^{（註⑰）}

真能如此，那每個人的人生將因轉化而有許多可供展售的
物品了。作家周鼎更大氣，直接就：

在非洲或在西班牙

我埋掉自己的故事

埋掉一條屬於中國的河^{（註⑱）}

樊梨花的「移山倒海」也不過如此。轉化最動人之處，是
讓每個創作者成為「王牌天神」第三集的主角，嘗試扮演上帝
的感覺，說要有光，就有光了，山河大地，隨想而成。底下邀
請你來當天神，請盡量施咒催法、灑豆成兵…。總之，讓世界
「魔法」起來。

── 練 習──

3.　請標記出下列歌詞中使用轉化的部分。

　　讓愛換個季節　再開花結果

　　看時間把傷口釀成了收穫

　　在風雪裡最美鏡頭　是抱著你

　　還能有什麼歉疚

　　讓愛換種感情　再重新擁有

　　就算失去了牽手那種溫柔

　　在生命裡最美暖流　是你的問候

　　細水長流　流過我胸口

　　（「換季」，作詞：馬嵩惟）

得分　_____

── 練 習──

4.　請用轉化法，接續這三個句子。

　　(1) 這道菜…

　　(2) 用這束花…

　　(3) 多虧了這支手機…

得分　_____

註

❶ 見〈回鄉偶書〉

❷ 朱自清〈海闊天空與古今中外〉

❸ 沈花末〈水仙的心情〉

❹ 杜牧·贈別

❺ 晏殊·采桑子

❻ 晏殊·踏莎行

❼ 白靈《給夢一把梯子·小朱的鎖吶》

❽ 簡媜《月娘照眠牀·有情石》

❾ 向明《水的回想·寫夜三帖》

❿ 林清玄《鴛鴦香爐·籮筐》

⓫ 張曉風《你還沒有愛過·常常，我想起那座山》

⓬ 張曉風〈愁鄉石〉

⓭ 《醉古堂劍掃·卷四》

⓮ 莊因《山路風來草木香·箱中日月》

⓯ 夏宇〈甜蜜的復仇〉

⓰ 筱曉〈被淋濕的愛〉

⓱ 席慕蓉〈畫展〉

⓲ 周鼎〈蠻大山〉

單元前的文學*300秒*

1. 寫情書的話，比喻或映襯這兩種方式哪一種比較好用？

2. 用比喻或映襯來形容一下你自己？

單元二　捉對－譬喻、映襯

○ ● ○ ○

　　語言有時候是成雙入對才會產生意義或效果的，就如同黑要靠白才夠黑，紅花總要綠葉來陪。在文學的世界裡，俊男美女固然好、癩蝦蟆配上天鵝肉更吸睛，兩人同行，一起升級，這是修辭常用的策略。

　　當然，搭配的方式千奇百種，不過若論模式，大約就是或明或暗這兩種了。暗的，是只突顯一個，但細看是另一個在幫襯，譬喻法就是一種；明的，兩者同台上陣，不管相互拉抬或對打擂台都很有戲，映襯就是一種。

　　譬喻也常被叫做比喻，映襯也常被叫做對比。曾經有人用比喻來說明比喻和對比的差別，寫得十分有趣：

　　比喻是一位媒人，把長成夫妻臉的二個人「送作堆」；對比是解嚴前的海峽兩岸：一邊是天堂，一邊是地獄。[註❶]

　　沒錯，比喻便是送作堆，但其實對比也是送作堆，因為這兩種技巧都需要成雙成對。自然，對比是海峽兩岸，比喻也是海峽兩岸，因為我不能沒有你、你也一定需要我。

　　譬喻是眾人很常用、都會用的語言，年輕朋友鬥嘴：「你豬喔！」失戀的男子哀嘆：「女人心，海底針。」佛教徒說：「人生如夢。」歡樂的家人共祝爺爺：「福如東海，壽比南山。」由此可見每個人都是文學家，每個人也都覺得只直接講不好玩，透過周遭事物繞個圈，意義更豐富。

　　用這種常用的譬喻語也許看不出譬喻的功力，那麼我們找來東晉名相、打過淝水之戰的謝安，以及他那名響當時的姪女兼才女謝道韞，來場協同教學，教大家怎麼「譬」。場景是：謝氏家族聚會，屋外白雪紛落，大夥酒足飯飽，這時謝安出題了：「白雪飄飄何所似？」

　　謝家某男：「撒鹽空中差可擬。」

　　謝道韞：「未若柳絮因風起。」(註❷)

　　一個對象：「雪」，兩個比喻：「鹽」和「柳絮」。於是共同造成兩組關聯：「雪－鹽」與「雪－柳絮」。雪是「被比項」，鹽和柳絮則是「比喻項」。被比項雖然是主角，這個主角太素人了，要靠比喻項來讓他有明星的氣質，因此大家看到的往往是比喻項，它精采了，譬喻就成功了。

　　那「鹽」與「雪」這兩個比喻項孰優孰劣？就物理角度是平分秋色，因為雪有粒粒像鹽、也有片片如絮的。但這考的既是文學造詣，那就把理化教科書丟一邊，從藝術的美感評起。這一來，不見經傳的「某男」選擇用「鹽」來作比喻項，一開始就失了先機！再怎麼說，柳絮都比鹽來得像是出自書香世家、滿身的文學風采，堪可與雪門當戶對，組成浪漫雙人組。至於鹽，只好跟柴米油醋等搭檔在廚房裡灰飛煙冒，來場重口味的演出了，這是性質問題。再者，鹽若真要仿效白雪從天而落，那也只能「墜落」，是直線重力加速度，可比飛機失事；柳絮則是「飄落」，中間可以來場載浮載沉的曼妙舞姿，所以柳絮再度勝出，這是功能問題。

　　所以譬喻是個淺出但深入的手法，用得好，就會出現：「春蠶到死絲方盡，蠟炬成灰淚始乾。」^(註❸)這種千百年下來令人心慟無語、永難超越的愛情定義。也會有：「結婚是主角在第一章就死去的小說。」^(註❹)這樣叫人哭笑不得的婚姻詛咒。在被比項和比喻項之間，你需要一雙翅膀、一條絲線將兩者繫連在一起。翅膀是告訴你兩者的關係要鬆、要有創意；絲線是提醒你兩者的關係要密、要一眼便欣然會意。

　　什麼叫翅膀？作家非馬是這樣形容「電視」的：

一個手指頭

輕輕便能關掉的

世界^(註❺)

　　設想新奇就不在話下了，化世界於指尖，簡直有佛家「納須彌於芥子」、「一沙一世界」的禪意了。至於絲線，請看：

醒來

發覺藤蘿滿地

果實已是纍纍^(註❻)

　　「胖」與「結實（纍纍）」本就有一目了然的關聯，彼此牽手共創譬喻，非常合理。本譬喻最精彩的是那「醒來」，真有大夢初覺、一失足成千古恨的寓意，耐人尋味。

合於這兩個條件的便是好譬喻，像：

只有翅翼

而無身軀的鳥

在哭和笑之間

不斷飛翔[註❼]

何其貼切的形象！簡單又新穎，讀來心曠神怡。鳥一展翅，人就笑了；一斂翼，人便愁了。都說眼睛是靈魂之窗，讀了此詩才知，眉才是靈魂的那雙淘氣翅膀。

當然，如果要考驗自己的「譬」功，那可以來個 3P！啥？原本一個譬喻要有兩個構成要素（比喻項＋被比項），兩個譬喻是 2×2=4。我們抽掉一個，1 個比喻項招呼 2 個被比項，試試自己的能耐。作家王鼎鈞提供範本如下：

格言是空罐，罐中飲料已被人喝光，預言也是空罐，某種飲料還沒有裝進去。[註❽]

格言和預言（2 個被比項）全都是「空罐」（1 個比喻項），於是將這兩者並列，我們看出了兩者的差別和雷同，也創造了不同的趣味和效果。

—— 練 習 ——

1. 請以身體的某一部位（如髮、臂、舌、甲等）為題，寫一則譬喻。

得分 _____

—— 練 習 ——

2. 請以天象的某一情況（風、雨、虹、霜等）為題，寫一則譬喻。

得分 _____

─ 練 習 ─

3. 請以時事兩則為題，進行上述所謂的 3P。

得分 _____

不同於譬喻總是把重心放在比喻項，成敗得失也取決於它。映襯則是兩者兼重，把兩種相同或相反的事物對列起來，造成強化的效果。

最常見的映襯是對比，就像一場光明與黑暗的對抗，構成的兩個要素各自就定位，站在一端遙指對方，兩者意義相反，但形象同樣鮮明。這就如同普通學生翹課沒什麼，但模範學生翹課就有什麼了，說這是因為罕見而來的好奇，或難以置信而來的衝擊也行，對比的使用，便是得找到一對對像下面那般的可敬仇人或歡喜冤家：

- 睜眼說瞎話

- 一朵鮮花插在牛糞上

- 狗嘴裡吐不出象牙來

- 我達達的馬蹄是美麗的錯誤^{（註❾）}

- 夜長春夢短，人遠天涯近[註❿]

- 吾力足以舉百鈞，而不足以舉一羽，明足以察秋毫之末，而不見輿薪[註⓫]

俗語裡的對比（前三句）堪稱粗暴犀利，真是拳拳到肉，不留餘地。看那明眼人還說著瞎話的德性；香（鮮花）與臭（牛糞）、高貴與低賤的極端不協調；冷眼瞧著你狗嘴裡還能長出什麼寶貝的輕蔑…。在這裡，對比是一把構造雖然簡單，威力卻無窮的重武器。

後三例則是文學產物，「美麗的錯誤」是一聲輕輕的嘆息，因為「錯誤」的衝擊性被「美麗」給美化了；夜長夢短、人遠天涯近也停留在「遺憾」的層次，連怨恨都還談不上；「吾力足以舉百鈞，而不足以舉一羽，明足以察秋毫之末，而不見輿薪」這場虛擬的舉重賽和視力測驗，也只是告訴讀者「不可能如此」而已。這是對比的另一種調性，以抒情或理性的對照方式讓人感受到世事的真實或無奈。

講到對比技巧，一定要提到英國大文豪狄更斯(Charles Dickens)在名著《雙城記》開頭的那段：

那是最美好的時代，也是最不堪的歲月；那是智慧的年華，也是愚昧的時光；那是信仰堅定的季節，也是憂慮疑懼的日子；那是光明的世紀，也是黑暗的時刻；那是希望的春天，也是絕望的冬天；我們恍如奔向天堂，但又似墜入地獄。

連用六組對比，營造了極其複雜深邃、叫人愛恨難辨的時代氛圍。由於各組的對比項（美好－不堪、智慧－愚昧…天堂－地獄）彼此針對、無法妥協，於是合而為一時便讓人跳脫單純的邏輯思考，開啟了另一種對人生的哲思與領悟。

這種對比呈現的方法，的確具有很強的文學效果，再不敏銳的人看了都立刻能捕捉到所要傳達的內涵。如果這種對比又結合了具體的形象，那就更有加油添醋、抱薪救火、揚湯止沸的氣氛了：

> 說到對土地的感情，穿皮鞋的不如穿鞋的跟赤腳的，連赤腳也有程度之分：那些過水田裡爛泥漿的腳，就要比走硬土人感受得更加深刻一些。(註⑫)

「穿皮鞋的」和「打赤腳的」，一看這對詞語就馬上湧現階級意識了，一句話都沒說就劍拔弩張起來，學會這招，肯定是個厲害的街頭運動高手（但記得別「穿皮鞋」）。

其實映襯也無須總是彼此叫囂、拳腳相向。像這句：「花是不會飛的蝴蝶，蝴蝶是會飛的花。」(註⑬)裡面的「花」和「蝴蝶」的感情可好著呢！你是我的化身、我是你的精魂，簡直是異卵雙胞胎，再不就是前世的自己，走的是溫馨路線。

如果喜歡這種用法，那麼我們更可以用映襯來發揮無盡情思，或是訴說百轉千折的糾結矛盾。像這首：

> 筆，究竟是想念墨、還是想念紙呢？
>
> 船，究竟是想念海、還是想念港呢？

水，究竟是想念雲、還是想念海呢？

火，究竟是想念種子、還是想念灰燼呢？

黃金，究竟是想念礦、還是想念熔爐呢？

花朵，究竟是想念蕾、還是想念果實呢？ (註⓮)

怎麼選？在 A 君與 B 君之間、在來處與去處之間、在開始與結束之間、在酸與甜之間…。映襯擺在眼前的，是同樣的吸引力，卻又有著二選一的排他性。選擇任何一個都是幸福的，但選擇任何一個都有遺憾。於是映襯便脫離了單純的把世界對立化，而是把人生給豐富化了。

另外有一種不以相反或對立項作為構成要素的映襯，主要是以不同程度的兩者來作為層級累進或差異的說明。例如：

「懷念」正如在雪地行走的人，偶爾回頭看看自己的腳印；而「懷舊」卻是過度地希望自己再回頭去重踏一下那些腳印。 (註⓯)

懷念與懷舊，分開來容易搞混，合起來就彼此取得清楚的界線了。用作者的說法，這是面對自己過去腳印時的兩種心態。同樣的情形也發生在底下的例子：

「擁有金錢」的可能是金錢的奴僕，而「享有金錢」的才是金錢的主人。 (註⓰)

擁有與享有，一般人常以為是一回事，難怪許多富人盡是窮酸樣，許多窮人則為了賺錢而一副勞碌樣。藉由映襯，誰是主人、誰是奴隸就一眼看出了，這是區分。

　　映襯常讓人有一種向上提升的激勵或向下沉淪的感慨。所以當陳涉發出「燕雀安知鴻鵠之志」^(註⑰)的豪語，即使那時他尚未發跡，但後來他成揭竿抗秦第一人也不令人奇怪，因為在他的世界中，燕雀與鴻鵠是不同的，兩相映襯下，他知道自己想當什麼。

　　好萊塢影片「修女也瘋狂」中有一句：「犯錯是人性，寬恕是神性。」名導演史蒂芬史匹柏也說：「歷史可以被原諒，但不能被遺忘。」這些話語都藉著區分兩種不同情況，讓人更清楚真正的意義在哪裡。陳涉、修女、史匹柏，他們讓我們知道人生有一條向上的階梯，階梯上的每一層都與它的上、下層有著映襯的關係。

　　相反的，湯普森的「我們在別人的痛苦中出生，在自己的痛苦中死去。」，漫畫家朱德庸的「愛情是合法的詐欺，婚姻則是合法的搶劫。」則透過相同的結果（痛苦和偷拐搶騙），昭告一切區分或努力（出生和死亡、愛情或婚姻）都無濟於事，這則是不分了。

── **練 習** ──

4. 接著，就請你利用映襯的技巧，針對下面三組事物，各完成一個句子。

(1) 父母與子女：

(2) 充滿淚水與洋溢笑聲：

(3) 空空的口袋與空空的腦袋：

得分 _____

註

❶　關紹箕《實用修辭學》

❷　《世說新語・言語》

❸　李商隱〈無題〉

❹　無名氏

❺　非馬〈電視〉

❻　白萩・重量

❼　商禽〈眉〉

❽　王鼎鈞《左心房漩渦・勿將眼淚滴入牛奶》

❾　鄭愁予〈錯誤〉

❿　歐陽修〈千秋歲・春恨〉

⓫　《孟子・梁惠王上》

⓬　亮軒《寂寞滋味・窮開心》

⓭　林煥彰〈花和蝴蝶〉

⓮　王鼎鈞《有詩・誰想念誰》

⓯　王璇《船過水無痕・懷念與懷舊》

⓰　黃永武《愛廬小品・擁有與享有》

⓱　《史記・陳涉列傳》

單元前的文學300秒

1. 夸飾和象徵，哪一個適合用來描寫深刻的題材？為什麼？

2. 舉出一個象徵的事物、一本誇張的小說（或電視劇、電影）。

單元三　刻意－夸飾、象徵

○　○　●　○

　　平淡，是日常生活最難根治的病，也是公認的熱情與浪漫的致命殺手。文學也好，影劇也罷，都努力要在其淡如水的人生中添加味道、染著色彩、掀起波瀾，管他是酸甜苦辣、是青紅皂白，就算南亞海嘯，不也都是電影的好題材？

　　文學跟人生一樣，最怕不鹹不甜，所以下字用詞有時難免要加油添醋，也就是要刻意為之，不為別的，就怕端出的菜色淡而寡味，畢竟是文學作品啊！一般人求愛都知道要說愛你：「比永遠多一天」了，那麼詩歌豈能不說：「一日不見，如三秋兮。」(註❶)這還不夠，某不知名女子是這麼宣誓愛情的：

　　上邪！我欲與君相知，長命無絕衰。山無陵，江水為竭，
　　冬雷震震，夏雨雪，天地合，乃敢與君絕！(註❷)

　　要到山崩江竭、冬雷夏雪，甚至天地毀滅才不愛，夠絕了吧？還不夠！信樂團聲嘶力竭地唱出：「死了都要愛，不哭到微笑不痛快，宇宙毀滅心還在。」(註❸)在歌中，愛情比生命還強韌、比宇宙還永恆…。聽在愛死得快、情毀滅得很徹底的人們耳裡，這的確是支撐大家再接再厲的嗎啡，不，強心針。

　　上面連用四個「不平淡」的例子，手法相同，用的都是甜言蜜語，嗯，又說錯了，是謊言…。唉！口不擇言了，好吧，正經而學術的專有名詞，這叫「夸飾」。夸飾是一種加味加料的

修辭手法，如果你有仔細觀察上述四個例子，可以發現：前 2、後 2 是不同的，看出來了嗎？

前兩個例子在數字上有別於一般，乃是透過數量加碼後產生的夸飾效果。「永遠」是加無可加了，還要「+1」，便造就了不可能的數量；將「一日」拉長為「三年」，灌水的情形太離譜，所以這才叫哄騙～式的夸飾。這兩者都屬於「量的夸飾」。

後面那兩首花～痴情歌沒看到數量上有什麼異常或驚人的表現，倒是在狀態上有駭人的形容，那種發誓要天地萬物都陪葬、要為愛毀滅自己禁錮他人的慘烈狀態，真非一般人之所能，堪稱「質的夸飾」。

量的夸飾極為常見，只要懂得數學的加法，用起夸飾法便不難；加法不行，那就用乘法，以倍數累積的魄力製造夸飾界的奇蹟。舉我們常用語：「放 120 個心！」為例，人心只有一顆，但要這顆劇烈起伏的心平靜下來、別再擔憂，著實不易，所以加個碼，放兩顆心吧！好像不成，那十顆吧…，似乎還可以，加到一百，夸飾的效果就出來了。

這裡有個陷阱，數量越多，夸飾的效果就會越大？這當然是偷懶者的白日夢想。以前面「比永遠多一天」為例，「多兩天」如何？真的很不如何！那「多三天」呢？幹嘛，有災難需要黃金救援 72 小時嗎？數字在夸飾中是個伸縮彈性很大的變項，從 1~∞ 都是可能的範圍。像影片「辛德勒名單」中被救的猶太人最後送辛德勒的戒指，上面所刻的：「救一條命，等於救全世界。」全世界就等於無限、等於一切。若問最佳的比例，

那只能說介於「起不了」和「受不了」之間。「起不了」是無感，像「愛你百分百」；「受不了」是無聊，像「愛你開根號的N 次方再加無限⋯」。那麼介於兩者之間應該是「愛你一整個世紀」了。

　　要注意的是，量的夸飾除了「奢侈款」（數量放大），還有一種「節能款」（數量縮小），例如李白有名的：

　　君不見高堂明鏡悲白髮，朝如青絲暮成雪。(註❹)

　　從烏黑亮麗到花白稀疏，李白將頭髮數十年才會有的演變，在朝夕之間便赫然呈現，好一個縮時攝影的手法。他另一首名作：「兩岸猿聲啼不住，輕舟已過萬重山。」(註❺) 萬重山的迢迢水路，在兩三聲猿啼中被縮地成寸。類似例子也出現在詩人洛夫的：「左邊的鞋印才下午，右邊的鞋印已黃昏了。」(註❻) 這句不像李白的省很大，只是把下午到黃昏這數小時的光陰，濃縮在左腳、右腳的一步之內。有別於加碼像是不用錢的「奢侈款」夸飾，在這三個例子中，時間和空間的異常壓縮，是它們得以夸飾的要素。

　　至於質的夸飾究竟有什麼訣竅，那就必須兼具「不可能」與「不排斥」這兩個條件了。「不可能」是礙於現實；「不排斥」是合乎想望。以下句為例；

　　巴拿馬給我的第一個印象是土地肥沃，油光光的紅土，充滿了生育的能力，真個是「插一根筷子下去都會發芽」。(註❼)

　　筷子會發芽，這是創意的吹牛，只有白痴才相信，不，再

加碼為：連白痴也不信（效果好像一樣，可見白痴信不信不重要）！但這雖然礙於現實，但合乎想望～～想像（創意）和希望（幻想），也許真有一塊上帝遺留人間的香格里拉，在那裡什麼都能滋長，絕望的種子也能開出幸福的笑容…咦，植物怎能開出人的笑嘴？唉，這是夸飾嘛！

作家余光中有一句：「你一走臺北就空，吾友。」（註❽）說得誇張，彷彿臺北周圍三百里荒煙蔓草、杳無人跡。但這是情感的歸屬問題，故人不在，天地就寂寥起來。

所以莫怪這兩句出名：「北方有佳人，絕世而獨立。一顧傾人城，再顧傾人國。」（註❾）理論上除了「顧」人怨，沒有什麼「顧」是可以亡城亡國的。可是每位女性（只有不到0.0000000001%開根號的 N 次方再加無限…例外）都嚮往這種致命的吸引力，也都相信女人有這種毀滅性（但說到「紅顏禍水」就翻臉了），這便是礙於現實（有嗎？舉手反對！）但合乎想望。

最後要提醒的，是夸飾並不是永遠的諧星或丑角，在不同的筆法應用下，夸飾是強大而激動人的情話。作家張讓這一段對於母親的回憶，就扣人心弦：

> 一夜母親醉了，獨對外祖父遺像哀哀哭。慘慘切切，是一個未成年的小女兒在同父親嗚咽。…不記得是怎樣的夜，單記得母親的哭，催斷人腸。生死茫茫，母親逕自哭成一整個雨季，千里孤墳是怎樣也滋潤不到了。但母親不停哭，先低啜、後嚎啕。全世界的風雨，那夜都來了我家。

我心痛母親，又傷心、又惶惑。我願意向她張開我雙臂，
然我年輕短小的懷抱，豈是母親話淒涼的所在。^(註❿)

「哭成一整個雨季」是夸飾，但我們笑不出來；「全世界
的風雨，那夜都來了我家」也是夸飾，作者母親悲得如此強
烈，卻讓我們感到如此真實，彷彿不如此，如何能道出（而不
是道盡）那種子欲養而親不在的椎心與愧咎。

夸飾在這裡，是個「如語者」、「說實語者」，狼，沒有
來⋯。

—— 練 習——

1. 下面是一些平淡的句子，用金庸武俠小說的講法，簡直「淡出鳥來」（這不知是誇飾還是在變魔術）！請幫它們把鳥給收回去。

(1) 我肚子很餓：

(2) 他的皮鞋擦得雪亮：

(3) 請安靜！你們好吵：

(4) 他的視力很好：

(5) 她的頭髮很長：

(6) 今天風很大：

得分 ＿＿＿＿＿＿＿

　　象徵一反夸飾的乖違情理或嘻鬧無狀，給人的第一印象是意在言外的深度。這種語言的玄機造成了一種距離感，似乎作者要表達的寓意不只字面，而在某處等著讀者去尋覓發覺。這麼一來，你不能只是單方面接受訊息或領略作品的內容，你那平常養尊處優的大腦必須動起來，趕緊找一棵菩提樹坐下來，把生老病死貪瞋痴等人生道理給好好的細思一番。這又是另一種刻意－把意思鑿刻得更深。

　　象徵為何能造成這種效果？有一部分要歸功於夸飾，象徵的手法裡，有不少夸飾的潛在因子，拿胡適先生的〈差不多先生傳〉來作說明，很容易就可以了解。差不多先生是個「紅糖、白糖差不多」、「陝西、山西差不多」、「千字、十字差不多」，甚至「活人同死人也差不多」的人。這樣一號誇張人物世上委實少見。但也因為這種近乎夸飾的手法，使得這個角色突出了，原本潛藏在人類血液裡那種隨便、馬虎的劣根性被誇大、突出之後，形成了一種無法抹滅的深刻印記(A)，這印記與差不多這角色(B)完全繫聯在一起，想到 B 就會想到 A，要解釋 A 便一定要提及 B，差不多便成了一種象徵。

　　同樣的道理，魯迅的〈阿 Q 正傳〉也是個成功的象徵，因為阿 Q 的「精神勝利法」突出了人性（好啦，作者專指中國人啦）中「怯懦而來的過度自尊、猥瑣而來的莫名驕傲」，A（精神勝利）又再度與 B（阿 Q）結合為一。

　　作家陳之藩的〈失根的蘭花〉也是符合象徵的一個題材：

宋朝畫家鄭思肖，畫蘭，連根帶葉，均飄於空中。人問其故，他說：「國土淪喪，根著何處？」國，就是根，沒有國的人，是沒有根的草，不待風雨折磨，即行枯萎了。

飄於空中的蘭花，又是一個異於常情的事物。這是象徵常有的情況，因為「放大的正常」＝「不正常」。而放大是必須的，它是顯微鏡，透過這樣才能看到平常肉眼看不到的靈魂深處或宇宙的真面目。同是植物，蘭花無根都見怪不怪了，那楊逵那株〈壓不扁的玫瑰〉作為象徵，貼近於情理。

明白這個道理，那麼曹操就因為太過偽詐，這才成為「奸」的代表；孔明智商高得不像地球人，所以「智」冠地表；劉備假掰太噁心，自然榮登「偽」座。至於關公，別說過五關斬六將（別忘了倒楣鬼顏良和文醜）簡直犯規外掛加滿身，單是「身在曹營心在漢」那份鐵桿子忠心，曹操的「上馬金下馬銀」、「三日一小宴五日一大宴」等等榮寵都毫不心動…，種種「我的二弟不是人」的神劇情，宜乎「忠義」榜上獨占鰲頭了。

象徵的另一種技法，是利用「二元」、「三分」等方式將複雜的東西簡單分類。張愛玲的〈紅玫瑰與白玫瑰〉是很好的例子：

也許每一個男子全都有過這樣的兩個女人（註⑪），至少兩個。娶了紅玫瑰，久而久之，紅的變了牆上的一抹蚊子血，白的還是「床前明月光」；娶了白玫瑰，白的便是衣服上沾的一粒飯黏子，紅的卻是心口上一顆朱砂痣。

　　翻遍生物學也不會有這樣的分類，女性先被一刀兩半，然後兩個部分各自突出其特質，象徵於焉成立。這個象徵之所以成功，是利用「愛情－婚姻」、「浪漫－平淡」這種對立法，提供男人在這兩個極端中作選擇。選項的設計已經合格，但此題的精采在於：選項雖有不同，但下場卻無不同－都是後悔、厭煩。這結局奠下了象徵的深度，也回過頭來讓選項更具有咀嚼再三的價值，它昭示了愛情並非選擇題，所以也不會有對或錯的答案；愛情毋寧較接近李商隱的「無題」，所以也就「無解」了。

　　幾米的著名繪本《向左走・向右走》也是同樣手法，利用兩個方向（左與右），象徵了人與人總是背道而馳。書中還明顯強調的一道牆（男、女主角相隔一牆而居）、一個圓（倆人繞了偌大圈圈，最後在圓形水池相遇），讓這本書充滿了濃濃的寓意。

　　它同樣是選項和結局都精采的作品，試想除了左與右，人還能往哪個方向？（請別說前與後、上與下，還有～留下來，別走…）看似簡單的分類，卻精準映現當今人們制式化生活型態的呆板與無奈。但若只是點出人生只得向左、向右這兩個貧乏抉擇的困境，那這個故事只到達二維平面的層次。是那個「圓」的意象讓故事的寓意立體了起來。原來，地球是圓的，持續向左走和堅持向右走的倆人，最後會在地球的彼端碰面。又原來生命也是圓的，在某個機緣或偶然的情形下，邂逅會以它無法捉摸的節奏開始演奏起它的美妙旋律。

　　最後你當知道，想寫出好的象徵，必須準備玫瑰、蘭花，或是在作品中建造個圓形水池。覺得太麻煩了？那牛郎與織女

的那條銀河該怎麼說？這條河也是象徵，用具體的河來象徵一切對於愛情的險阻，所以讀者只要抓住河，就抓住了象徵的無限內涵了。這是象徵的第三個手法－好的道具。

以「美麗」為主題，我們可以嘗試以上文提到的三種方法來擬寫出象徵的文字來：

1. 夸飾

富人常吹噓自己：「窮得只剩下錢！」那麼她是我見過：「醜得只剩下那張臉！」的女子。她出賣朋友，但每出賣一個，男朋友便多十個；她用情不專，但每次劈腿，戀情便再添五椿。沒錯！她無時無刻都在犯錯，因為美麗就是她最致命的錯誤。最後她因每天殺人而遭受逮捕，因為她犯了迷死人不償命的罪。但警察逮捕得到她的人，卻逮捕不了她的美麗，法庭上，法官宣判被告未到庭，本案不成立！她，成了無罪的罪人，繼續她的犯行。

2. 二分法／三分法

美麗的女人千千萬萬，但即使姿色各具千秋，但總歸只有兩種：一種是天堂鳥，引人上天堂，一種是地獄花，帶人下地獄。

3. 道具

她有一個上了鎖的抽屜，裡面有她美麗的秘密，那裡的東西不能見光，有許多的魔鬼藏在其中。每隔一段時間，就又會有一些被放置到抽屜裡，隨著裡面的魔鬼越來越多，她變得越來越美、也越來越多男人愛她。就像浮士德，她跟她的抽屜，有著沒人知曉的，美麗交易…。

── 練 習 ──

2. 請以「誠實」為主題，擬寫象徵的文字。

(1) 夸飾

(2) 二分法／三分法

(3) 道具

得分　_____

註

❶ 《詩‧王風‧采葛》

❷ 〈漢樂府‧上邪〉

❸ 「死了都要愛」，作詞：姚若龍

❹ 〈將進酒〉

❺ 〈朝發白帝城〉

❻ 洛夫〈煙之外〉

❼ 王鼎鈞《海水天涯中國人》

❽ 余光中《隔水觀音‧寄給畫家》

❾ 李延年〈北方有佳人〉

❿ 張讓《當風吹過想像的平原‧世事逐塵照眼明》

⓫ 意指紅玫瑰、白玫瑰

第三篇
文章的鮮度

第三篇來到了文章的寫作，希望每篇文章都是活蹦亂跳，而不是死氣沉沉，所以篇名叫「**文章的鮮度**」。

單元一強調文章要有心跳，否則豈不形同腦死？在撰寫文章時必須要看出材料中哪一部分是活的，不然作者就必須在死材料中注入生命力，所以這單元名為「**噗通的心跳聲**」。

單元二介紹五種簡單的內容呈現法，像是五套不同款式的衣服，讓文章得登大雅之堂，所以這單元名為「**五場的時尚秀**」。

單元三講到文章的結尾，拋開總是把前面說過的再重述一遍的「蛇足」法，文中列出了幾種選擇作為參考，本單元名叫「**開放的大結局**」。

單元前的 *文學300秒* ⏱

1. 寫文章的時候，你是怎麼開頭的？為什麼？

2. 就你人生中，哪一件事（或哪個東西、哪個人）是你在寫自
　　傳的時候一定要寫進去的？

單元一　噗通的心跳聲

● ○ ○ ○

　　「怎麼寫好一篇文章？」是個好問題，也是個壞問題。好在問的人至少有心，但壞也就壞在這個人無心。有心是因為他在意、他認真、他有企圖，這未嘗不是個寫文章的好起點；無心是他懶惰、他依賴、他自己沒重點，這樣的狀態其實還沒到達寫文章的基本起點。

　　舉個例子好了。每年學校都會舉辦的「運動會」，就是會有國文老師也來湊熱鬧出這種題目，原因當然是「大家都會參加」、「可以實地觀察」、「可以著墨的題材很多，不難寫啊」等等。可惜一篇文章絕不會因為上述這些原因而產生，而一篇好文章更與這些條件沒什麼關聯。只是老師說對了，你的確會被迫參加，也的確可以藉此觀察且收集到一些題材，最重要的，是真的有不少東西可以寫。以現代人上館子吃頓飯都可以拍照、打卡、分享、按讚、留言、討論、揪團…扯東搞西的，則一場運動會至少不會讓你望空苦思、腸枯筆窮才對。

　　認真的你，還將收集來的資料分類：

　　第一類－人物（包括裁判、來賓、運動員、啦啦隊等）

　　第二類－動作（包括奔跑、指揮、焦急、鼓勵等）

　　第三類－聲響（包括加油聲、播報聲、吶喊聲、奏樂聲等）

　　第四類－物件（包括司令台、旗幟、制服、大聲公、陽光等）

把這些寫出來，文章就完成了！就「完成了」？應該是就「完了」！為什麼？這麼有心在收集！是啊，這麼沒心在寫！這些收集來的都只叫材料，把好多材料堆在一起還是材料。所以如果你將收集到的人物、動作、聲響、物件依段撰寫、並列呈現，那這篇作品便是零碎的許多視覺、聽覺、觸覺和感覺的湊合，缺少一個貫串的主軸，也就是說，這樣的文章徒具軀殼。因此文章要寫，就得找來它的心跳，這樣才是有靈魂的文章。

為了帶領大家去聆聽何謂文章的心跳聲，姑且例中舉例，以朱自清作示範：

> 父親是一個胖子，走過去自然要費事些。我本來要去的，他不肯，只好讓他去。我看見他戴著黑布小帽，穿著黑布大馬褂，深青色棉袍，蹣跚地走到鐵道邊，慢慢探身下去，尚不大難。可是他穿過鐵道，要爬上那邊月臺，就不容易了。他用兩手攀著上面，兩腳再向上縮，他肥胖的身子向左微傾，顯出努力的樣子。這時我看見他的背影，我的淚很快地流下來了。（註❶）

寫父親，長相、性情、職業、從小到大的瑣事…無一不可寫，也無一不可刪，畢竟只是材料，材料沒辦法決定文章，是文章決定材料。朱自清展示了如何在龐大材料中「尋找父親」，那是他認不認識父親的關鍵！

最後他終於「看到了」父親～的背影。對文學而言，這個背影是他與父親的初識，於人生而言，這背影卻是他倆的最深

交。這個「背影」才是作者的父親、才是文章裡該描述的對象。讓這篇文章成功的，是火車站那場 Live 秀，它給了朱自清父親 Live 的機會。

這讓我們理解到，我們要寫的是「父親」，而不是「全部的父親」。回到「運動會」的題目，文章要的也不是「全部的運動會」，這不必要，也不可能。所以要寫這篇文章，你就必須去「找」運動會！找到了，文章就可以開始了；或者說：找到了，文章就近乎完成。

作家方瑜在一篇關於項羽的文章中用了「超級巨星」的角度來寫這一位千古風雲人物：

> 只有很少人是天生的超級巨星！不論他們有多少瑕疵缺失，只要一亮相，立即散發出震懾全場的魅力…。每次重讀楚漢相爭的連場好戲，總覺得項羽正是當時並世雄傑中最亮的「星」！項羽將足夠燒完長長一生的光與熱，集中在這短短八年（按：24 歲嶄露頭角到 32 歲自刎）中焚盡。就是這種一點不節約能源、往而不悔、縱情揮灑的豪奢，讓當時、後世的「觀眾」都目眩神迷，心魂俱醉！（註❷）

作者是在「舞台上」找到項羽的，即使聲光四射、群星熠熠，但有項羽在的地方，觀眾便不會眼花繚亂。從這個巨星的職業，作者便將項羽一生的功與過、短與長，全都找到了合理的原因與最佳的詮釋。許多政治上的過失與人格上的缺點，都是項羽這個「角色」最精髓的所在，他的戲分在此、演技也靠

此，好也好、壞也行，作為一個精彩的劇本，這個角色設定與劇情走向，在在都扣人心弦。

這是項羽嗎？這是十分動人的項羽，活生生的－用現代流行語－「野生項羽」。否則項羽難道是那些考據了許多資料，正經八百地複誦著《史記》的內容、語重心長地分析著他的軍事布署與政治舉措，最後昭告他是個錯過歷史機會的歷史人物？！這樣的項羽才真正不曾在歷史裡存在過，連司馬遷都不屑這麼寫。

同樣是歷史人氣王－蘇東坡，在余秋雨先生的筆下，場景聚焦在黃州，而鏡頭下的大文豪是隻「困獸」。沒錯，作者沒寫東坡的輝煌、沒提他的浪漫，似乎風流倜儻和禪悟機鋒都與此人無關…。文章中的蘇軾是個不折不扣的囚犯，被政治和那個時代流放到赤壁之所在，面壁、禁錮、訕笑、恥辱取代了我們熟知的屬於這個赫赫大名的萬丈光芒。這隻困獸的「突圍」，成了他是小人口中的畜牲或後人心中的人傑最高聳的分水嶺。

於是最美麗的文學誕生了，〈赤壁賦〉、〈卜算子〉、〈念奴嬌〉，幾乎每個受過教育的華人都讀過的篇章，都與東坡這次的圍困串連了起來，也成了這次圍困的最佳結晶。這是蘇東坡嗎？如果不是，或如果不曾是，那他何以成為那個我們都知道、每一個人都深愛的響叮噹名字－蘇～東～坡？

喚回每篇文章的心跳，是寫文章的初衷。那對於「運動會」來說，它在哪裡呢？回歸到之前的材料分類：

第一類－人物（包括裁判、來賓、運動員、啦啦隊等）

第二類－動作（包括奔跑、指揮、焦急、鼓舞等）

第三類－聲響（包括加油聲、播報聲、吶喊聲、奏樂聲等）

第四類－物件（包括司令台、旗幟、制服、大聲公、陽光等）

　　說它們都只是材料、都沒用？好吧，就讓我們一併捨棄所有這些…。因為「下雨了」：運動會當天～下大雨！

　　這下子連文章都不用寫了？不！我們要寫的是「運動會」，而不是「運動會舉辦的過程」。設想當天傾盆大雨，一大早許多師生還冒雨到校，眼望著濛濛一片的操場，昨天剛布置好的司令台和各班原本要用來遮陽的帳篷全泡在雨裡，所有先前一個多月的準備、預賽全白費了…。進入決賽的隊伍緊繃了許多天的神經，一時還不習慣要放鬆；倒是平常打混、對比賽項目和班上表現漫不在乎的同學，開始擔心起到時又要找一天補辦了，有夠麻煩。有的幹部拿起手機緊急聯絡預訂好的飲料和中餐要改期，總務處的職員和打掃阿桑們站在操場外圍等著雨停收拾場地，心想收了到時又要重搭。體育老師和教官們相視苦笑，今天大家全都無用武之地。這時廣播聲伴著隆隆雨聲在操場和校園上空響起，正式宣告今天的運動會暫停，一切改到未知的某天。這時所有人心中湧現一致的失望，都覺得今天就舉辦該有多好！

　　所以運動會呢？在眾人的失望中、在不舉辦的此時，運動會進入每個人的心中，且得到最高的支持度。這場沒有「運動」只有「會」的經驗，比起有「運動」卻沒有「會」要值得一寫。我們是在「不辦」中找到運動會的民意。

　　要是「有辦」，那可寫的就更多了。到場的來賓不是穿西裝就是洋裝，腳上皮鞋高跟鞋，外帶耳環項鍊名牌包的。再看看有的同學夾腳拖、T恤、牛仔褲，一副自己的戰場並不在此的模樣，最重要的是人手一支手機、人手一指滑手機，原來戰場是在這兒…，全場競爭得最激烈的，應該是這群「不運動」的，與場上那群「在運動」的，兩隊人馬進行拉鋸戰。所以我們是在這種兩組人馬的「拔河」中找到運動會的唯一賽事。

　　嫌上述都太不正式，不夠激勵人心嗎？那好，今年賽事大爆冷門，往年各類項目都是常勝軍的○○系，預賽時有不少項目已經被其他系黑馬威脅到冠軍寶座。賽前他們系上還緊急開會商議如何保住蟬連紀錄，甚至已畢業學長都聞訊到場，鼓勵之餘還兼斥責…，傳說場面數度激烈。運動會那天自一早起全校就一團蕭殺氣氛…，項目結果一一出爐，小贏大輸的情況一直無法逆轉，最後決一死戰的大隊接力，連素來不喜歡運動的學生都紛紛湊往操場觀戰。哨聲吹響，勝負底定，江山易主，熱淚飆出。許多人抱成一團在痛哭，但最大的那團是戰敗的王者！我們是在「變天」中找到運動會最強的能量的。

　　這就是本單元一再強調的「心跳聲」。沒有了呼吸、心跳的文章豈不等同於啾啾鬼語？鬼話連篇不過是閒扯淡，不足以稱

文章。接下來，請將你的心跳注入「運動會」這個題目（還來啊？暈！），辦一場有你氣息和脈動的運動會吧！

— 練 習—

1. (1) 在哪裡找到「運動會」？

   (2) 你的運動會（字數 600~1000 字）：

得分 ＿＿＿＿＿＿＿＿

註

❶ 〈背影〉

❷ 方瑜〈項羽－超級巨星〉

單元前的*文學300秒*

1. 你喜歡哪些人的文章風格？

2. 如果要用三個字來說明成功的秘訣，你會用哪三個字？

單元二　五場的時尚秀

○ ● ○ ○

　　文章是一個人的縮影，是一種想法或觀點最衣冠楚楚的亮相，是情緒最個性化的表達或發洩。所以理論上，同一題目的文章會因作者不同而有無數的內涵與面貌。只是一般人不太懂得自己，結果大家的影子看來都差不多；也不懂穿搭，也就難免隨著流行服飾而到處撞衫。但最可議的，是你怎麼可以讓自己的情緒與感受裡沒有自己？那麼我們人生中那些喜和痛、痴與悲，又都是怎麼一回事？

　　其實找到自己就找到文章表達的方式，有你自己的表達方式那就是屬於你的文章技巧。但這恐怕要等你過盡千帆之後，有些人必須挨到海枯石爛，這才能欣然體會。在這之前，你不寫文章，文章也會來找你！為應急也好，當成千帆中的某些往來扁舟也好，底下的一些小建議，或許可以供你在海枯石爛的過程裡擋一擋風吹雨淋。

一、一個字，表達一種信念

　　文章長篇累牘，有時候說的只是一個字，一字就值千金。嫌少？那傳說釋迦牟尼臨死（應該說涅槃吧）前告誡大眾，他雖講經說法 49 年，但未曾說過一字。天啊，一個字也沒說，這「沒半字」在悟道的意義上可真的值錢了。

那我們在文章中說得一字，也算是多嘴了。好萊塢明星金凱瑞(Jim Carrey)主演的「沒問題先生」(Yes Man)，一開頭有場演講，主講者告訴聽眾，凡事 say「Yes」，人生將會有奇蹟，許多困境、苦惱都會迎刃而解，「Yes」是一切問題的解方。主角果然照著去做，人生也果然「Yes」了。

這樣的論述可以言之成理，而相反的論述依然可以自圓其說。「No」也能成為人生的最佳指南，對於壞事，我們要說「No」，否則會陷入無德不義；對於好事，我們也該說「No」，從天而降的禮物、別人沒有的運氣，都要抗拒，否則容易腐化自己。「No」讓自己堅強，在一次次的排拒中堅守自己的原則，造就一顆最堅毅的心志。所以我們也可以就講這個「No」字。

我們所熟知、人類最偉大的哲學或宗教，用的也是這種論述方式，像佛教的「空」、基督教的「愛」、老子的「無」、孔子的「仁」，都是用一個字，作出人世間最恢弘的大塊文章。這類文章因為單刀直剖，便於遵循，所以往往會發揮一針見血，或是引導方向的作用，是很俐落有效的方式。

寫文章？很簡單的，一個字就夠了！

二、一組數，創造一個趣味

有些題材與數字有密切關係，若直敘論點、鋪陳理念常不免顯得生硬沉悶，倒不如利用這些數字，大玩算術遊戲。數字可以簡化許多繁瑣的內容，製造深刻的印象，像之前有名的「四不一沒有」（前總統陳水扁提出的兩岸關係）、現在仍在執

行的「五年五百億」（邁向頂尖大學計畫）等。俗云：「數字會說話。」所以有時候不妨就讓數字來說話吧！

由媒體人孫大偉、陳文茜監製的環保影片「±2℃」，成功地利用「+2℃」與「-2℃」這一組數值圍起一截窄得可憐的安全地帶，昭告台灣在地球暖化的喘息空間是何等有限。在文學的使用上，這是個利用數字的好範例。

數字的使用還可以更深入與文章內容結合，舉例來說，台灣目前的五專學制，因為當前大學門檻極低，以致於國中畢業生傾向於畢業後選擇高中、高職，就讀三年後再接續大學教育。所以如果要為五專招生作文章，那麼這些數字－五專(5)、大學(4)、高中職(3)就可以派上用場。這篇「五四三」的論調，可以質疑「7」(4+3)並不能讓人生一帆風順，也可以強調5=4+3，在戲法上可以有許多變化。這已經不是用中國字在作文，而是阿拉伯字（數）在作文了。

其實萬物都有數字，希臘哲人畢達哥拉斯(Pythagoras)說：「萬物皆數也。」光是人身上就有 4 肢 2 眼 10 指，你的身高體重、學業成績，你的收入支出、房屋汽車的坪數馬力等，無不數量可觀，我們都是名符其實的數碼寶貝。所以在 23 坪的地方賺 300 億、用 10 根手指頭講 2,000 多個故事、4 雙鞋地球走 1 圈、1 隻聽診器救活非洲 50 多個部落 1,000 多條性命…，你會發現，許多精采的內容其實都很數字！

三、一套說辭，建立一種印象

　　文章是一種文字 Show，就像車展，車型拉風、車模亮麗，自然就被簇擁的人群圍繞。所以再強悍的引擎，沒有流線的車體和豪華的內裝，以及台上吸睛模特兒的養眼展示，也只能顧影自憐了。

　　人類許多偉大的文獻，高遠的理想可以打動人心，端在於理想（內容）懂得用動人的姿態（修辭）呈現。偉大的黑人民權領袖金恩(Martin Luther King)那篇〈我有一個夢〉(I Have a Dream)更是修辭的經典之作：

> 就某種意義而言，今天我們是為了要求兌現諾言而聚集到首都來的。我們國家的締造者在草擬憲法和獨立宣言時，以氣壯山河的言詞，向每一個美國人許下了諾言，承諾給予所有公民以生存、自由和追求幸福的、不可剝奪的權利。
>
> 但對有色公民而言，美國顯然沒有實踐諾言，她沒有履行這項神聖的義務，只是給黑人開了一張空頭支票，支票上蓋著「資金不足」的戳印，便退了回來。
>
> 只是我們不相信，正義的銀行已經破產；我們不相信，在這充滿機會的美國的寶庫裡已經沒有足夠的儲備。今天，我們要求支票兌現－兌現這張給予我們寶貴自由和正義保障的支票。

　　整場演說（上引為開頭幾段）乃是政治內容與抒情筆法最極致的調和，簡直像是李白用〈將進酒〉吟詠「人權宣言」、鄧

麗君用「何日君再來」唱起「九二共識」。單看這段，金恩博士其實可以有第二個夢：開作文班。

許多作品或戲劇也同樣需要這些美麗的辭藻、金句，讓它們可以牢牢黏在閱聽大眾的嘴巴上，成為不衰的話題。像之前風靡一陣的劇集「犀利人妻」，裡頭滿滿的「衣服髒了，可以洗洗就乾淨；婚姻外遇了，洗洗會乾淨嗎？」、「在愛情的世界裡，不被愛的那個才是第三者。」、「女生還是對自己好一點，一旦妳累垮了，就會有另一個女人花妳的錢，住妳的房子，打妳的小孩，睡妳的老公。」族繁不及備載，都可以按劇中主要角色，分別編起語錄了。

四、一種觀點，導正一個想法

接著要進入文章的內容了。說起文章要有內容，真的要多讀書（古人說得對），至少要多砍樹。為何？因為華盛頓。蛤？華盛頓(George Washington)小時候砍櫻桃樹的故事家喻戶曉，長大後他習慣養成，連自己的任期也砍！原本第一任結束前，許多人支持他選連任，但他左思右想，把唾手可得的第二任給砍了，他說：

隨著年事日增，我越來越相信，退休是必要的，而且將會受歡迎。我確信，縱使我的奉獻具有特別價值，但那也只是暫時的。所以經過慎重的考慮與選擇，我相信自己應當退出政壇。何況，我的愛國心也容許我這樣做，這是我引以為慰的…。(註❶)

　　華盛頓的想法相當簡單，但這種想法要出現在政治人物的腦袋裡卻似乎難如登天。他認為即使他第二任做得再好，其對國家的貢獻，遠不如他不競選連任！因為那將創造一個最有意義的典範，尤其是在一個初創的國家。這是一個砍樹小孩的故事，他後來講出如此大氣的話，導正了我們偏狹的腦袋，提升了我們的心境，這些話聽來，通體舒暢！

　　八八風災的時候，大家都驚駭於天災的莫測與無情，雨來得令人措手不及，人被困得措手不及，村被滅得措手不及，無助與無辜，似乎是我們的寫照。但新聞工作者張毅君先生的報導則認為：

你可能會不理解，老天爺為什麼總是要五毛給一塊？
48 小時前，石門水庫一道道乾涸造成大地的裂痕，像是餵不飽的孩子，一張張開口渴望的嘴。
48 小時後，全台灣泡在水裡⋯
一場大水，我們二、三十年來跟大地爭來的，一次都還給它了。（註❷）

　　原來不是老天爺「要五毛給一塊」，而是人類長期「缺五毛卻要一塊」。在對大自然掠奪資源的過程中，在人類毫不節制的貪婪下，大自然才是無助的。反觀逼得這塊土地如此無助的我們，又怎算得上是無辜呢？

　　那像這樣一篇文章怎樣才寫得出來呢？淹水嗎？也許！想培養豐富的內涵就該好好讀書，不讀書就多看雜誌，不看雜誌就多看報導，不看報導就多看影片，連影片都不看？那就多砍

樹、多喝水，不，多淹水！用切身之痛來成長、來思索，也會有一篇好文章的。

五、一次反轉，開啟一個世界

影片「非誠勿擾 2」一開頭有個離婚的橋段，豪華馬車開道，男女雙方盛裝而來，賓客盈門，場景美侖美奐，樂隊弦音悠揚，流程、儀式、排場無不媲美巨星級的結婚典禮，可惜形同而意相反。

這便是近來常用的手法－翻轉。似乎藝文、電影不來這一手，便少了創新創意的神髓似的。其實也沒錯，用離婚來說婚姻，比用結婚來說婚姻來得貼切多了，至少有那麼一針見血的興奮感。同樣的禮服、同樣的戒指、同樣的承諾、同樣的賓客祝福，在結婚典禮中總顯得太過輕率，好像租屋簽約，往往連條文內容都沒看，名字就簽好在那兒了，一切都不會有什麼問題的－應該是，絕對是！約都簽了嘛。但正因簽了約，問題才多多。而離婚，不是一種毀約，只是一種讓人重新省視這份契約、這枚戒指、這個承諾，甚至那些祝福，「該不該」而已。

這就是翻轉之所以迷人的地方。同一個主題，它用不同、最好是別人腦袋瓜子想不到的東西或角度去說，就好像晴天遊日月潭，美；但雨天去遊，你看到了另一幅畫了。同樣的日月潭啊，蘇東坡說：「水光瀲灩晴方好，山色空濛雨亦奇。」^{（註❸）}

所以要翻轉，那就要守著「不用 A 去寫 A」，而要「用 B 來寫 A」。那個 B 你若想得出來，就翻轉了。像是在「成年禮」中

要祝福同學成長，就不要用「祝福成長」的方式來祝福他們成長。那怎麼辦呢？你可以用睡美人的梗來「詛咒」，詛咒他們：「永遠不要長大！」因為長大了就失去童心了、就不可愛了、就會裝起大人來，一付成熟、穩重，但其實是冷淡、公式化的面孔⋯。「不可愛、不用心，甚至不應該的方式長大，還不如不長大」，最後再詛咒所有學生永遠也長不大，因為：「長大最好的方式，就是不長大！」

這是**翻轉**！不是叫人離婚或者詛咒別人，而是用星星的眼睛去看白天的太陽、用海的藍去看山的翠綠，然後頓然若有所悟⋯。

── 練 習 ──

1. 請針對「60 分，及格」這個題目，分別用下列的方式撰寫 250 字以內的短文。

   (1) 一個字，表達一種信念

(2) 一組數，創造一個趣味

(3) 一套說辭，建立一種印象

(4) 一種觀點，導正一個想法

(5) 一次反轉，開啟一個世界

 得分 _____

註

❶ 〈華盛頓告別詞 Farewell Address〉

❷ 張毅君《商業周刊・八八水災特別報導》

❸ 〈飲湖上初晴後雨〉

單元前的文學 *300 秒*

1. 想想看，你覺得文章的結尾有幾種？

2. 你看過哪篇文章（或戲劇）的結尾讓你印象深刻？它們具有
   什麼特點？

單元三 開放的大結局

○ ○ ● ○

　　套句當前的常用語，文章是一種「以結婚為前題的交往」，必須修成正果，所以有沒有結尾很重要。沒有結尾的文章像突然斷氣的死者，令人錯愕；結尾草率的文章則像吃壞肚子腹瀉，臭不可聞。但文章要如何結尾，沒人能限制，就像婚禮該怎麼進行，這個答案是開放的，各有各的熱鬧。底下只是幾種常用的「型錄」供參考而已。

　　首先，尾巴是跟著頭、身的，所謂虎頭不配蛇尾。因此當尾巴的很辛苦，時時要迎合著文章前半部的調性和節奏。且看底下的短文：

> 一個考了多次哈佛大學而都落榜的青年，這個青年最後自殺，遺囑上寫明要把屍體捐給哈佛大學的醫學院，遺囑最後寫著：「我終於進了哈佛。」[註❶]

　　雖然簡短，卻首尾分明，前後貫串。這個「終於進了哈佛」的結尾，將這名青年的理想與努力、失敗與傷感，最後的身死與心不死，全都「總結」在一句話中了。這種總結式的結尾相當常用，作家王溢嘉在一篇敘述自己當實習醫師的文章中，寫到自己初接醫袍時的悸動，解剖課時看到活生生動物和冰冷冷屍體的觸動，實習時看到病魔與病人的拔河，發出誓言時自己那堅定又疑惑的心情，最後總結：

　　為何當醫生？這個遲來的問題在我醫師誓言宣讀完畢後，
已無由我再去細想，因為前面有太多苦難的人在等著我。
（註❷）

　　在經歷重重的體驗與思索後，作者用「無暇細想」作結，
並用「行動」讓自己脫離問題的包圍，用一種截斷眾流的方式
「總結」了文章。這便是在此介紹的第一種結尾，是老虎頭老
虎尾，頭尾斑爛燦然。

　　如果不想這麼傳統，那可以考慮作家幾米的方式，我們且
摘錄一則他繪本中的某頁：

　　他摘下溪邊的野花，不斷練習說各種甜言蜜語！

　　「你是我的寶貝！」、「我永遠愛你！」、

　　「你讓我完美！」…

　　可惜他仍然沒有勇氣把花送給她，

　　只好隨手將花丟進溪裡，

　　花朵竟如石頭般沉入水底，

　　並發出悲痛的聲響…（註❸）

　　繪本中的主角本就是個「思想的巨人，行動的侏儒」，模擬
幻想、猶豫難決的心情一直糾纏著他。所以最後他將應該送她
的花，丟入溪裡，這是順理成章的事。幾米最精彩的是順著這
個理、成更深刻的章，讓花沉入水底、發出悲鳴。這不是歸納
回顧式的「總結」，而是一種順勢向前的「加碼」了。

　　類似的故事在他的繪本中有不少。其中一則是位女性，條件不好、無人喜歡的她在海邊撿到了一個瓶中信，希望來了，但一整個下午：

　　直到夕陽西下，潮水退去，她仍坐在那裡默默流淚⋯

　　這是她最後的機會了，她卻依然不敢輕易開始⋯ (註❹)

　　作者夕陽西下（時間耗盡）、潮水退去（機會溜盡）、默默流淚（希望燃盡）這三重「加碼」，讓這位可憐女子的「結尾」的感傷氛圍十分濃烈。看了以上兩例，對於這種「加碼」行為應該有所了解了。

　　朱自清先生在他有名的〈荷塘月色〉一文中，開頭是「這幾天心裡頗不寧靜⋯妻在房裡拍著閏兒，迷迷糊糊地哼著眠歌。我悄悄地披了大衫，帶上門出去。」接著文章大部分的篇幅都是出了門的景緻，天上月光流瀉、地面荷塘生趣，上下撐開的美境，讓他不寧靜的心情平復了，於是走著走著，「猛一抬頭，不覺已是自己的門前。輕輕推門進去，什麼聲息也沒有了，妻已睡熟了好久。」

　　文章最後，回到了妻子身邊、回到了家，看似開頭與結尾相同。「家」既是起點，也是終點，好像是同一點，卻又感覺有所不同，因為「心情不同了」。心情的不同，讓這兩點（開頭／結尾）立體了，就像一樓是家，二樓也是家，從一樓的門口出去，卻回到二樓，「心情」讓自己「更上一層樓」了。

　　這是另一種「昇華」式的結尾。它與「總結」的不同在於，「總結」的頭＝尾，尾的內容全都是從頭而來；而「昇華」

則是尾≠頭，尾的內容必須要「頭痛治頭」，所以是頭的 debug 版。再舉一例，假如題目是「經濟與環保」，那麼：

第一段：經濟很重要，沒有經濟則人民生活得不到保障。

第二段：環保很重要，失去環保則我們連未來也看不到。

這兩段可視為是文章的頭或文章裡出現的「結」，必須解開了這個結，文章才算完成、才有「結」論。所以當然不可以：

結論一：所以我們在發展經濟的時候也要重視環保；強調環保時也要適時促進經濟。

結論二：經濟和環保到底孰重孰輕，值得我們深思。

第一個結論是常見的雞肋式結論，食之無味但刪掉了卻又沒結論了，只好擱在那兒意思意思。第二個結論看似慎重，其實毫無責任感，雙手一攤，一付欲知後事、下回分解的模樣。

試著用一種立體、向上一層的方式來作結論：

從當前經濟的發展來看，綠色產業已經是最具潛質和利潤的產業，所以環保是最經濟的事業；再說，沒有產業的研發與量產的協助，環保無法大幅開展，因此經濟乃是環保最有效的途徑。

經濟與環保升級了，從第一層的對立，來到第二層的協調互助，先前卡住的問題，至少在最後有個解決的方案，且這方案將環保提升到「經濟層次」，也將經濟納入「環保範圍」，這便是所謂的「昇華」。

　　當然，文章無須一本正經，許多文字作品強調輕、薄、短、小，言志論道的企圖少而怡情悅心的樂趣多，這樣的作品在結構上就較鬆散、也要求鬆散，因為太嚴謹的形式在一定程度上會限縮了活潑和創意的發揮。這種以機趣為主的文章自古有之，只是於今尤其熱門，我們且舉一則大陸相聲「五枝筆」為例：

　　乙：那我要是戴一枝鋼筆哪？

　　甲：那不用說，高小程度。

　　乙：噢！我戴兩枝鋼筆。

　　甲：初中啊。

　　乙：我戴三枝？

　　甲：高中啊。

　　乙：我戴四枝？

　　甲：那你就上大學了。

　　乙：我要戴五枝呢？

　　甲：你要戴五枝啊？

　　乙：我就是大學教授。

　　甲：不，修理鋼筆的。 (註❺)

　　雖然是兩人的漫談，但談鋒從一枝筆、兩枝筆，直到四枝筆，原本與筆數成正比的學歷，在第五枝筆時峰迴路轉，如「銀河落九天」般跌入谷底，出現了意料不到的答案。也因結

尾的意外，以及高低的落差，文章的趣味在最後一秒爆炸開來。

　　這是我們要介紹的第四種結尾－「意外」。它很跳 tone，所以常被視為非名門正派。但野狐禪也能修成正果，尤其當前網路盛行，KUSO 當道，意想之外、噴飯度高的結尾，在臉書和 Line 的流傳力就越高。

　　「意外」的結尾未必都是搞笑或浮誇的。作家黃春明的〈兒子的大玩偶〉中，主角坤樹因為工作是扮小丑、揹電影廣告看板，四處宣傳戲院的影片，他在襁褓中的兒子只認得小丑模樣的他。一天他因故卸了妝回到家，兒子見到他「盧山真面目」後竟不認得他、放聲大哭起來…。卑微的工作、滑稽的模樣，到最後連兒子都不認自己這個老爸了。眼看劇情、心情整個都僵在那裡了，沒想到：

> 坤樹把小孩子還給阿珠，心突然沉下來。他走到阿珠的小梳妝台，坐下來，躊的打開抽屜，取出粉塊，深深的望著鏡子，慢慢的把臉抹起來。

　　他竟重新上妝，把自己扮回小丑。因為他霎時領悟到，他是他「兒子的大玩偶」，他要以這種面目與兒子「相認」。結局出人意表，卻又發人深省，這也是一種「意外」。原來在人性的可能範圍裡，許多一念之間的力量，可讓屠刀放下、讓屠夫成佛，它能化悲為喜、在笑中摻淚，這種結尾會「意外」得動人。

接下來，就讓我們來給文章一個完結篇吧！殺青之後才能開香檳慶祝，接著上映、票房破億、提名獎項、走星光大道啊…。這是夢嗎？不是，是我們為這篇文字所作的「THE END」。

─ 練 習 ─

1. 請針對底下的短文，分別用下列的方式撰寫結尾。

　　今年台北的世大運，讓原本低迷的社會氛圍有了意想不到的驚喜與雀躍，一向在台灣被視為冷門的運動和選手們，一夕之間全因世大運而炙手可熱了起來。

　　一直以來，台灣常是國際大型賽事的門外漢（被拒於門外）或板凳漢（坐看他人表現），終於在這次，我們成了東道主和衛冕主。也許是角色太過懸殊了，讓台灣民眾像坐雲霄飛車般，興奮得心臟要蹦出胸腔。

(1) 總結的結尾

(2) 加碼的結尾

(3) 昇華的結尾

(4) 意外的結尾

得分 _____

註
❶ （王璇《彼岸‧蒲公英族》）
❷ 〈白衣‧誓言‧我的路〉
❸ （《你們我們他們》）
❹ （《你們我們他們》）
❺ （引自譚全基《修辭薈萃》）

第四篇
文脈的調度

　　第四篇已是最後，一篇完整的文章必須呈現，否則便辜負了這一路以來的折騰。本篇主要是介紹幾種文章的架構，提供創作時的依據，這些架構雖然不是真理，但卻是道路，可以讓文章的撰寫脈絡分明、一路暢通，所以篇名叫「**文脈的調度**」。

　　單元一介紹兩種方法，一個是一言既出，文便成篇；一個則是起承轉合，像是駟馬拉車，平穩迅捷，所以這單元名為「**一言駟馬－－句化一篇 VS 起承轉合**」。

　　單元二介紹用體系的方式撐起全文，或藉用英文 5W 的內容來引導寫作，都可以讓文章有明顯的整體、成套感，所以這單元名為「**真有一套－體系 VS 5W**」。

　　單元三到了全書的結尾，用較隨意的方式介紹了網路文字，順便抒發作者個人的一些小感想，所以本單元名叫「**無網不利－網路文字**」。

單元前的文學300秒 ⏱

1. 你覺得一篇文章要有幾段？每一段的功用為何？

2. 如果你要寫「跨年」的文章，你的第一句話會寫什麼？

單元一　一言馳馬－一句化一篇 VS 起承轉合

● ○ ○ ○

　　人類的世界中有許多信仰，每種信仰都有位造物神，祂們用不同的材料創造世界。像西方的上帝是一招「無中生有」，中國的女媧是「和稀泥」，盤古是「捐大體」，還有許多不同的獨門手法。每位造物神都擅長魔術表演，要說誰的產品最優，那可是牽涉到種族歧視，會引發宗教戰爭的。

　　文章也是被造物，你就是那位造物神，所以每位作者都得學魔術，變束鮮花、鴿、兔出來是必要的，只要手法純熟，其實當許多意想不到的事物從你手巾紛紛出籠，你真會有一種當神的喜悅。記得有句話是這麼說的：「大地是造物主的文章。」可見要當天神，可得把這篇大塊文章寫好。底下是幾招魔術手法，讓各位當個初階天神，做個顛倒眾生的創～作～者。

一、一句化一篇

　　這個手法接近上帝的「無中生有」，但法力稍遜，必須先有一些母錢。通常，我們面對一個題目，常常只能擠出一丁點東西。例如寫「家」，腦袋空空的你只能硬湊出「我家住在中山路。」；寫「謝謝你！」，你只寫了「如果有機會的話，我想感謝他，在有生之年。」。然後，沒了！文章就結束了，起點等於終點，文章寫成了格言，你創造的偌大宇宙裡只擺著這樣一句空蕩蕩的話⋯。

　　但這個地球一開始也不是萬象繽紛的，聽說連生命也沒有，更別說一句話了。這樣的地球都可以繁衍出我們眼前的浩瀚瑰麗、無盡生類，那一句話變成一篇文章，應該也不為過了。別忘了，是有「物種演化」這種事的。

　　且借上面的話語一用。雖然只有「我家住在中山路。」但至少出現了「我家」、「住」、「中山路」這三個訊息，這三個訊息看似都只是個詞語，但如果將這樣的詞語擴而大之，每個訊息變成一段，則三個訊息就有三段，一篇文章就完成了。就像下面：

- 「我家」：我沒家，所以從小我有個私底下、背後裡的名字－孤兒。我不喜歡這個名字，但沒辦法，我沒有家，所以只能一直背負著這個名字。

　　一開始，你要為「我家」找資料、編故事，這時你可以寫自己的資料、講自己的故事，當然也可以說外星人的、小貓小狗的，因為題目沒限定。如果你記得前一單元提醒你的，作文要有「心跳聲」，那你可以想想看、設計一下這篇文章是否要來點 special！基於這個緣故，我們讓「我家」變成「我沒家」，或是「我那個沒有（不存在）的家」。有了這樣的開頭，下面的寫法就要全部順著去寫了。

- 「住在」：由於沒有家，所以「住」是我最大的問題。但我可以打賭，沒人比孤兒更能享受「住」了。我幾乎每幾個月就要換地方住，最快有一次在七天內換了三個地方。後來我這樣告訴自己：我連家都沒有，所以我是

個沒有地址的人，我是一封信，不知道要寄到哪兒⋯。

唉！有點不忍心了。作家有時很冷酷，是不？但記得，別殘酷就好了。所以下面我們要這麼寫：

- 「中山路」：後來，有位好心的郵差終於把我寄出去了，雖然他穿的不是綠色制服，但他是世上最好的郵差。我被寄到一個大家都叫是「孤兒院」的地方。「孤兒院」，這個名字裡有我的名字，這是我的地址啊！它就在中山路，從此我就沒到別的地方「住」了，所以～我家住在中山路。

寫法千變萬化，重點是當你凝視著「我家」、「住在」、「中山路」這三項材料，到底勾引出你什麼樣的靈感，想用它們炒出什麼菜色。我們再試著將「謝謝你！」那句「如果有機會的話，我想感謝他，在有生之年。」化為一篇文章。方法你懂的，過程我們就省略，直接端出菜色：

- 「如果有機會」：其實我有很多機會的，誰沒有？但機會總是在自己心裡還沒準備好的時候突然來到，又或者準備好了、機會來了，一個「下次吧！」的念頭浮現腦海，機會就不再是機會了。

- 「我想感謝他」：所以我常自問，究竟自己的謝意有多深？我真的想感謝他嗎？答案每一次都是肯定的！能不感謝嗎？即使當初他讓我遠渡重洋在異鄉孤軍掙扎，最後得到的是最痛心的背棄，我還是十分感謝他啊！

- 「在有生之年」：今天的同學會，上天又一次把機會交

　　到我手裡。我會去嗎？想去嗎？半個月來這個問題不知
　　問過多少遍，答案每一次都是否定的！但我怕，害怕錯
　　過這一回，「下一次」永遠也不會來到，這句「謝謝
　　你！」將永遠不會從我口裡傳給他，那麼這份對於他的
　　恨，將永遠與我糾纏不休…。

── 練 習 ──

1.　請將原始句分割成若干語詞，每語詞寫成一段，完成這篇以
　　「生日快樂」為題的文章。

　　題目：生日快樂

　　原始句：生日是個重要的日子，大家歡慶在一起

　　　．

得分　＿＿＿＿＿＿

二、起承轉合

　　起承轉合是老牌老字號的寫作法，它雖高低起伏，但結構卻四平八穩，算是變化中有穩定、穩定中卻有著不安分的靈魂，所以是個適合小品，也能撐起大議論的好方法。

　　這就難免讓人想到八股文，一篇文章分八段，每段都有設定好的功能和要寫的內容；這也類似辯論隊伍，一辯二辯三辯結辯，每次上場發言都應該有不同的角度、打法，集三人四次之力，構成一個堅強、有組織的團體戰。起承轉合同樣有單兵作戰和團隊作戰雙重功用，可以說是有分進、有合擊的好方法。

　　為方便說明，且讓我們邊寫邊解說，題目可以定為「小美就這樣過了一生」。太俗了嗎？那就「美～的兩個舞台」。

- 起：小美是個漂亮又有才藝的女孩，是我們大學的班花。

　　很平凡的開始，這是「起」。起，在一篇文章中經常用來點破題旨，或是把全文的主軸、作者的論點講出來，所以要講重點，不用太長、太詳細，因為後面有「承」。

- 承：她是不折不扣的萬人迷，許多人都想親近她、都努力要獲取愛她的機會，雖然機會總是那麼微渺。此外，她還是顆閃亮巨星，每次學校有重大活動，她總是台上最耀眼的舞者，看著她在燈光下曼妙的丰姿、動人的容顏，我們都相信，畢業後的她一定會走上一條與我們截然不同的道路。

　　第一段開啟了「漂亮」和「才藝」這兩個重點，所以第二段一定要承接這兩個梗，並加以發揮，這就是「承」的任務。這一段將漂亮寫得更詳細了，簡直從班花升級成校花了。此外，才藝方面也有了具體的場景和畫面，這些都可以回證第一段的內容。

　　但一直這樣下去也不是辦法，總不能第三段把她寫成世界第一名模、獲得奧斯卡金像獎。文章要有變化，一直稱讚、一味強調、一貫立場，久了就膩了，也變不出新鮮玩意。第三段的功能就是變化，所以稱之為「轉」。

- 轉：畢業後，令人跌破眼鏡的是，小美竟是全班第一個步上紅毯的人。不久，更驚人的消息傳來，她懷孕生產，成了年輕媽媽，在大夥都還忙著研究所學業、有人為工作打拼、偶而相約夜店狂歡的同時，她變成一個成天柴米油鹽的家庭主婦。

看到這裡，是不是覺得「小美就這樣過了一生」這個題目蠻貼切的？轉，除了事情的峰迴路轉外，還可以進行角度的更換、反論的提出等等，總之是不按照前兩段的脈絡而另作變化，讓文章不是一言堂，讓思路不是一條腸子，也讓讀者不會一路悶到底。

於是我們從前三段收集到了小美「很美」、「多才」，所以是不凡明星；但她「嫁人生子」，所以是平凡主婦。最後的一段，必須把這些全部「合」起來。如果不健忘，這個「合」與前一篇討論文章結尾時的「昇華」式，頗為相同，強調一種從更高的視野去調和（解決）前面的衝突矛盾。所以這裡的結尾不能寫成「我們都為小美感到可惜，總覺得她放棄了很重要的東西。」或「也許演藝之路對她而言終歸是暫時的，家庭才是永遠。」這兩者都是將不凡與平凡對立起來，一輸一贏，沒有昇華。更不要用「聽到這個消息，大家都不勝唏噓！」拜託，主角又不是你們！

- 合：那天午後，我在路上偶遇小美，推著娃娃車的她，仍然是最美麗的媽媽。她很高興的邀我回她家敘舊。談著談著，我輕聲問她：「還跳舞嗎？」她微微一笑，

說：「跳啊！不過，是跳給她看。」說著，頑皮地翩翩
起舞，她那一歲多的女兒見狀，竟也跟著手舞足蹈了起
來……。

這樣的「合」才差強人意。又有平凡的家庭和小孩，又有
美麗和舞蹈。家，成了她第二個舞台，兩者疊合在一起，所以
這故事叫「美～的兩個舞台」。

起承轉合不只適合敘事、抒情，論說文用它，也是火力十
足。我們再以「志氣」為題，示範一下起承轉合怎麼用在論說
文上。

- 起：志氣是一個人最美的聲音，它的有與無，有時遠比
  生命的有無來得重要。（最美的聲音、比生命重要）

- 承：情話美嗎？未必！但一個有志氣的人發出的聲音，
  通常震撼人心，因為那是人類告訴自己最天真的話語，
  也是人類向別人所宣告的最浪漫心情。志氣，讓人感覺
  活著；沒有志氣的人，生命早已隨志氣而逝。（發揮前
  段）

- 轉：但志氣有時又會讓人景狀淒慘，甚至生不如死。當
  退一步可以海闊天空時，堅持不退便只能海枯石爛。已
  經在屋簷之下還要傲氣說：「不！」那下場肯定比低頭
  更加不堪了。（不美，會沒命）

- 合：或許該問問屈原，後悔嗎？雖然屈原已逝，答案終
  是杳杳，不過我們還在啊！問問千百年後的世人，後悔
  為了這樣的人每年划龍舟、吃粽子嗎？如果答案還是同

樣的「不」，那麼一切就明朗了：志氣是一種從頭美到尾的聲音，即使是最難堪、甚至因而喪命的時刻，都美！不，更美！（不美其實更美，沒命反而活出生命）

練習

2. 請針對「演唱會」這個題目，以起承轉合的方式完成它。

起：

本段重點？

承：

是否承接上一段重點？

轉：

轉了什麼？

合：

是否將第一、二段，以及第三段的重點用更高角度處理？

 得分 _____

單元前的文學300秒

1. 如果用顏色來創意發想，你覺得你的人生有幾種色彩？

2. 你覺得用英文的哪個 W（疑問詞）開頭，最有抒情效果？為
什麼？

單元二　真有一套－體系 VS 5W

○ ● ○ ○

　　簡媜女士在〈水經〉這篇文章中，用一條河來訴說愛情的源頭到盡頭，全文有「（經）首」、有「源（於寺）」，有「水（讚）」和水邊的景緻－「浣衣」，當然也有激流小湍－「吵」，最後有始自然有「（卷）終」了。這種寫法異於任何寫作方法，有其自抒的脈絡，這脈絡首尾貫連、自成體系，而「愛成一條河」是她看到的愛情生態體系。

　　這種以「體系」作為文章架構的寫作方法，往往不受限於其他的格式，而隨物而變，像「河」就有源、流、末；「山」有腳、腰、頂；「天」則晴、陰、雨；「燈」則明、晦、爍、滅等。每一種因物類而來的「體系」，都有自己的特色，各元素間也有與眾不同的互動關係。

　　例如以「數」為體系，由 1~10，可以寫出：

從前從前，有位執著的男孩，花了一千多個日子，寫了二百多封情書，讓遠在三百哩外的女孩答應了他的追求！

經過四萬句戀人絮語、五十次爭吵與六個情人節後，男孩懷著七上八下的忐忑心情，向女孩許下了永九的承諾。

現在，他們懷著十分的誠摯，邀請大家在 2222 年 2 月 2 日，這個成雙成對的日子，帶著祝福，共同來見證這份愛情！

　　這種寫法與上述又有不同，〈水經〉中利用了體系中各元素的性質，如源、水、流、湍、終等，去勾勒愛情在每一階段所會呈現的樣貌。而此處只須將 1~10 完整呈現，那麼十全十美的圓滿意象便達成了，這便是上文所說，每一個體系都有其自己的特色。

　　其實古人就已經用這種方式在創作了，像蔣捷的〈虞美人〉：

少年聽雨歌樓上。紅燭昏羅帳。

壯年聽雨客舟中。江闊雲低、斷雁叫西風。

而今聽雨僧廬下。鬢已星星也。悲歡離合總無情。一任階前、點滴到天明。

　　只是這首詞特別的地方在於，它是「三體系」，也就是在一篇文章中同時用了「年紀」、「地點」和「方位」這三者。年紀上它分少、壯、老三個人生階段，分別對應歌樓、客舟、僧廬三個地點，然後這兩者又再對應方位的上、中、下。作者可能不是刻意為之，但隨手寫出便層次豐富。

　　黃永武先生的這一小段對於妻子的詠嘆，與蔣捷異曲同工：

年輕的妻子像一朵花，欣賞可以側重在「態」。…

中年的妻子像一首樂曲，欣賞可以側重在「情」。…

老年的妻子像一座博物館，欣賞可以側重在「心」與「歷史」。…（註❶）

　　由「花」到「樂曲」，那是一朵美妙（花朵）幻化成許多美妙（音符）；由「樂曲」到「博物館」，又是許多美妙開創出無限美妙（珍寶）。妻子在此隨著歲月的增長，可貴與值得珍藏的內涵成等比級數在滋生。從「態」到「情」，到「心」與「歷史」，妻子從一個美術品，到藝術品，到珍貴的古董，價值節節高升了。

　　有名的三國橋段「擊鼓罵曹」中，彌衡是這樣罵曹操的：「汝不識賢愚，是眼濁也；不讀詩書，是口濁也；不納忠言，是耳濁也；不通古今，是身濁也；不容諸侯，是腹濁也；常懷篡逆，是心濁也！」佛教說「五濁惡世」，曹操在此則不折不扣成了「六濁惡人」。用感官身體為體系，罵起人來就像在凌遲處死，一刀一刀慢剮；也像是全面圍堵，所有活路封死。這看似隨口的罵語，卻是一則「六」臟俱全的短文。

　　體系在大自然、人事界觸目可見，所以要找到並不難，難在選定後必須順著該體系的特性去構思與發揮。一般都會先從最簡單的練習，像「四季」，春夏秋冬是個常用，且很廣用的體系，套用在許多主題上都相當合適，無論是講人的個性脾氣、事業或組織的成敗興衰、一件事的處理態度等，因為這四個構成元素形象鮮明，所以也容易掌握。例如：「她的溫柔是春天，她的熱情是夏天，她有著秋天的韻致，同時也具備冬天的豐盛內涵。」把愛人說成四季皆宜的好東西，難度不高，只要臉皮不要太薄即可。

　　但有些體系像是抽象畫，容許無限想像，卻又縹渺難明，這就屬於較有難度的體系了。舉例而言，若要以「方位」為寫作的架構，則方位有許多，上中下、前後左右中、東南西北東北西南等，未必每一個都合用，或自己都有辦法發揮到自己所要敘述的主題上。而且「上」是何指？頗不好界定，畢竟方位只是一種位置，要賦與什麼意涵，可能要由作者來決定了。而且文章裡的「上」若指的是高官，那「下」就不宜另指黃泉（地下、死），因為兩者無法構成一個整體的系統。由於有這麼多地雷，所以這算是較須技巧的體系了。

　　不嫌多的話，我們再以男女情愛為主題，試著用「方位」來一段不噁心不要錢的甜蜜情話：

　　我一生的戀情…

　　第一位是東方女子，有溫婉的情意

　　第二位是西方女郎，有爽朗的個性

　　再來是北國冰山美人，接著是南洋熱情伴侶

　　還有還有，那天堂（中）般的聖潔天使，以及地獄（下）來的勾魂使者

　　而他們的共同點是～

　　都叫○○○－我的新娘，一個深駐在我心中的唯一女子

　　這是用「東西南北上中下」來寫同一個人，真是國籍混亂、善惡糾結，不知道這段婚姻該到哪裡去註冊才好！

　　由於體系無處不見，所以舉凡「顏色」（紅白藍黑黃綠灰…）、「感官」（視聽嗅味觸）、「五行」（金木水火土）、「生肖」（太長，省略）、「物類」（物、植、礦）、「物態」（固、液、氣）等，都可以入詩、入文，這些都是犖犖大者，稍一追索就會湧現腦海。此外也可以從小處著眼，尋找自己的靈感，會別有精巧的意趣和個人的體悟，像是：

　　15 年的愛情長跑，我們來到了終點

　　懇切的邀請您擔任終點裁判

　　因為在起點幫我們鳴槍起跑的也是您…

　　有些人有天分，但我倆是珍惜與堅持

　　從 15 年起跑以來我們不曾停下腳步

　　Here we are, now.

　　這場浪漫婚禮是我們唯一想得的獎盃

　　用「馬拉松」來講愛情長跑，從起點鳴槍、過程、到達終點、獎盃，完整記錄了一場從愛情到婚姻的美麗戀曲。這是一種「小體系」，沒有天地萬物作為架構，是抱持著「一花一世界」的敏銳感，把一花看成一個有體系的宇宙。本單元一開始所引用的〈水經〉便近於此。

—— 練 習 ——

1. 請以「我的穿著」為題，選定一個「體系」，擬撰一則短文。

　　體系：

　　構成要素：

得分　_____

　　最後我們要介紹一種寫法－五 W。它分別是 WHY、WHO、WHAT、WHERE、HOW 五個英文疑問詞。五 W 說來也可以算是一種廣義的「體系」，但由於這五個（也可以擴充成六個、七個）疑問詞各有所指，分別對應了文章中通常共具的內容，頗接近起承轉合的寫法，因此五 W 介於寬鬆的體系法與一般規範嚴明的寫作法之間。

　　說它具有嚴明的規範，因為這五 W 必須針對各自所要書寫的內容，不可偏失：

WHO－主題特色：要說明、突顯文章的主題或對象。

WHEN－時間歷程：發生的時間或歷經的過程。

WHERE－場合環境：發生的地點或環境因素。

WHAT－狀況描述：發生的事件、狀況的描寫。

WHY－前因後果：為何而生、影響為何。

　　這五者具體區隔，且缺一不可，所以功能清楚，不具備由作者自行認定的空間。當然，這五個 W 的先後順序可以挪移，無需固定，只要別張冠李戴即可。

　　這又是英文、又有嚴明規範的，實在讓五 W 不是很討喜。但這套來自西方的語詞，真的很有「提神」、「醒腦」的效果，在你腦筋一片汪洋、大腦灌水，不知從何下筆的時刻，按著這五個會問問題的英文字，多少都會拷問出一些可以寫下來的東西。

　　戀愛一向是很令人疑惑的事兒，用五 W 就沒錯了：

愛神的箭要射人沒有 why

一旦喜歡上了那個 who

全世界都不知你發生 what

連你自己也不曉得身在 where

一心只想讓他為你痴迷

How?　How?　How?

　　這一段中的五 W 只是中文的代替品，用中文而不用英文也可通，只是不如用英文順暢。因此基本上這一段較近於上面「體系」的寫法。嚴格遵循著五 W 的規範式寫法，是如下面例子一般，茲以「枱燈」為題，用五 W 示範如下：

　　WHO：這是一盞古銅的西式枱燈。（把主題直接呈現）

　　WHEN：這是一盞古銅的西式枱燈，看來應有百年歷史了。（介紹其歷史）

　　WHERE：這是一盞古銅的西式枱燈，看來應有百年歷史了。打從我有記憶開始，它便一直佇立在爺爺的書桌上。（說明其所在位置）

　　WHAT：這是一盞古銅的西式枱燈，看來應有百年歷史了。打從我有記憶開始，它便一直佇立在爺爺的書桌上。許多家族裡重大的事務和契約，都在這張桌子上完成。（強調其重要性）

　　WHY：這是一盞古銅的西式枱燈，看來應有百年歷史了。打從我有記憶開始，它便一直佇立在爺爺的書桌上，許多家族裡重大的事務和契約，都在這張桌子上完成。這盞枱燈見證了我們家族的由興至衰，所以即使後來我們家道已然頹落，爺爺總還將它擺在原來的書桌上，偶然點起，像是回憶著他與家族共同擁有的美好歲月。（利用前因後果的聯繫，突顯枱燈的意義）

　　這便是五 W 優越的導航功能，在茫無頭緒的時候，它很能給出具體的方向，因為 WHY、WHO、WHAT、WHERE、HOW 這五個疑問詞的需要明確，就像食譜一般，依照記載就可以完成菜餚。與之相比，起承轉合只規範文章落筆的方向，反而抽象了。

　　再以一例說明，題目是「車票」。對於這樣一個充滿敘事性、想像空間極大的題目，五 W 是個很好用的工具。你只要想：車票要去哪裡(WHERE)？要載誰(WHO)？我們為什麼要遠行(WHY)？…問完這五個 W，大概就會有個文章的雛形了。且看下文：

　　WHO：我常覺得，車票不應該叫車票。（對主題的定義提出質疑）

　　WHEN：人們何時會想起車票、買車票、坐上車呢？當～想起遠方的人、事、物時…。（將時間因素帶入）

　　WHERE：所以車票連接的，不是站與站、空間與空間，而是生命與生命、心與心。（將空間因素帶入）

WHAT：就因為心與心被距離所苦，故而車票便催化起一則則動人的生命故事。（經過上述討論，對主題作出重新定義）

WHY：因此，我要說，車票不叫車票，而大眾運輸業其實經營的是一種心靈觸媒的生命創造業！（將車票的出現與作用，與人類的情感聯結在一起，造成因果關係）

還有疑惑嗎？多問幾遍，五 W 就變成「無 W」－沒問題了，試試看！

─ 練 習 ─

2. 請以「一顆蘋果」為題，用五 W 擬撰一則短文（五個 W 的先後位置可以調動，請先在標號旁註明此段是寫哪一個 W）。

(1) ＿＿＿＿＿＿

(2) ＿＿＿＿＿＿

(3) _____

(4) _____

(5) _____

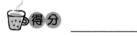 得分 _____

註

❶　黃永武《愛廬小品‧欣賞妻子》

單元前的 *文學300秒* ⏱

1. 就你看來，網路上的文字與一般課本裡面的文章，最大的不同在哪裡？

2. 試著舉出你認為網路上的文章或文字可以稱得上文學水準的作品。

單元三　無網不利－網路文字

○　○　●　○

終於來到最後一個單元，不禁想起這段：

一顆方糖

站在咖啡杯緣喊了聲：

「苦啊…」

便從去年九月下旬縱身一躍(註❶)

　　寫文章真是件苦差事嗎？嗯，比咖啡還苦！但當老師的，往往就是那個下令學生往下跳的人，雖然他們都會大喊：「苦啊！」難怪一般人都點拿鐵，加上濃郁綿密的奶泡，拿鐵顯然比起黑咖啡親切多了，名字又很法國，黑咖啡連個藝名也沒有。如果說黑咖啡像哲學，拿鐵就是生活哲學。這又讓人不得不引用這段：

> 如果文學是牛，文學批評就是庖丁；如果文學是夢，文學批評就是佛洛依德；如果文學是懸案，文學批評就是福爾摩斯；如果文學是化石，文學批評就是考古學；如果文學是流螢，文學批評就是輕羅小扇；如果文學是千里馬，文學批評就是伯樂；如果文學是伯牙，文學批評就是鍾子期；如果文學是新大陸，文學批評就是哥倫布。(註❷)

　　文學和文學批評這對難兄難弟，像是誤闖了藝文百科或翰林院，又像是參加了圖書俱樂部的變身秀，一個個古今名人和

浪漫故事，全都被這對搭檔當成炫麗的標籤給別在胸前。跳苦池的方糖是擬人法，文學與文學批評二人組是譬喻，如果沒有文學修辭法，那麼不會跳咖啡池的方糖應該只是甜味的固態集合體，而文學與文學批評就是折磨讀者和作家的刑具吧。

記得看了好幾次「春風化雨 1996」這部電影，在高中教音樂的主角，苦於學生對古典樂曲的毫無興趣，有一天他突然大放鬆，把古典樂彈成現代樂、廣告曲，讓學生恢復記憶：這些曲子我都聽過啊！當然，勾起了學生的興致了。

很可惜，文學要勾起興致，通常是要讓學生訝異：這些我怎麼沒看過！原本以為新鮮有趣的內容在文學的世界裡比比皆是，但直到近幾年來網路文字的成熟（抱歉，這已是我對此一類型作品的很高禮讚），這個想法開始慢慢溶化了⋯。直到最近，看到底下這則，終於知道駱駝為什麼會被最後一根稻草給壓垮－因為這根稻草～太～大～根了！

老爹過 83 歲大壽，親朋好友們辦了酒宴給他慶生過壽。酒宴開席前，司儀雪兒邀請老爹談談 83 年的人生感想。老爹接過麥克風，清清喉嚨倚老賣老的說：

命運：就像「強姦」－你反抗不了，就要學會享受！

工作：就像「輪姦」－你不行了別人就上。

生活：就像「自慰」－什麼都得靠自己雙手。

時間：就像「乳溝」－硬擠一下都還是有的。

機會：就像「老二」－緊緊握住就會慢慢變大。

學習：就像「嫖妓」－繳完錢後還要出力。

薪水：就像「月經」－一個月才來一次，一個禮拜就沒了，不來你還會傻眼。

談判：就像「口交」－費盡了口舌，也就那點收穫。

捐款：就像「發情」－一說起來馬上就要。

獎金：就像「陰毛」－掉的要比長的還多。

老闆：就像「陰道」－總是欺軟怕硬。

開會：就像「亂倫」－搞不清楚誰該搞誰。

兄弟：就像「避孕套」－捅多大簍子，都幫你兜著。

承諾：就像一句「×你×」－人人都會說，卻沒人做得到。

最後呢？只看不傳的：就像「陽痿」－明明看爽了，就是沒動作！

這是一段令人很崩潰的文字，有濃濃網路笑話極依戀的色情成分，以及那藏在戲謔中卻尖銳得不住扎人的譏誚。還有，是網路文字最最擅長的，那種一系列無限延伸的創意，從數年前「麵條與包子」被網友一再續攤，那永無止盡的想像力開始令人咋舌，一個人的腦袋再文學，如何能對抗這種ㄉㄠˋ人式、人數還持續聚攏、不斷攀升的集體意志？！這樣的力量都可以去蓋金字塔和萬里長城了。

忍不住，我又玩起上述文學和文學批評的把戲來了，看來自己 DNA 裡終究烙印著 LKK 的密碼，但將這一篇當成「文

學」，在禮讚之餘，我應該會接到不少抗議電話吧！一句黃腔，你可以視為低級；三句黃腔，你還嘴角斜揚，面帶鄙夷；十句呢？誰都會開始詫異、認真起來。我算了一下（我還真的計算了？！唉，認真的就輸了！），十五句，令人無言的數字！因為憑我，勉強應該只寫到「生活」吧，連「時間」也不懂得掌握、「機會」總讓它溜走、「學習」效果低落，所以「薪水」低、「談判」差、「捐款」沒有、「獎金」飛了、「老闆」翻臉、還「開會」檢討我、連「兄弟」也找上門、我「承諾」一定會改，但是大家看看就好，別傳！

我還挑出了其中三個錯字（倚、穫、簍），你說是不是無可救藥了？發覺自己就像在教古典樂，但學生知道的、喜歡的是流行歌曲，每堂課要他們靜下心來聆聽古今最美的篇章，往往情緒浮躁、忍不住惱火的是自己：

我等著電話

響著鈴聲的

卻是隔壁無人接聽的電話

世界總是這樣

黑夜等不到黎明

黎明也等不到黑夜 ^(註❸)

看到這段，總聯想這是在傳達教古典樂或作文的心情。不過這還不夠，要說入木三分，我投下面這篇，+1：

哦，中年臃腫的她

如何穿過生活的針孔呢？

而她相信時間是可剪裁的：

循著手中針線的拉扯，

為子女縫製著美麗的未來…^{（註❹）}

對於現代人來說，文學恐怕是太臃腫了。現代生活步調那麼急促，容不下太多的膽固醇－太深厚的學養和太絢麗的辭采，以及太多的～字。適逢母親節，許多網路賀詞、圖片紛傳，看來人們對文學的口味變了，但對母親的愛仍舊沒變，於是我看到了這張：

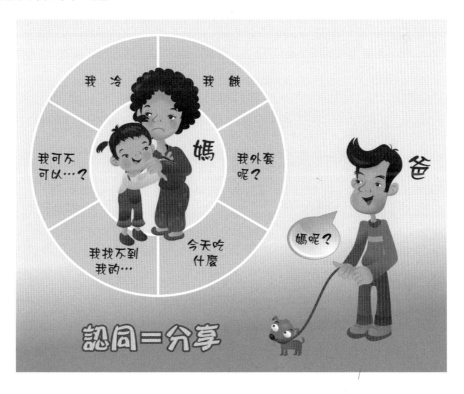

　　還需要寫什麼呢？簡單的對照，一張圖就道盡了！這就是網路文字，如果它可以無限大（無限連載），又可以無限小（圖片）；如果他可以極低俗（色情），又可以極倫理（母愛），那它已經是個有獨立主權的國度了。而且重點是：它還可以寫得很好！也就是說，它是已開發國家的經濟規模，具有完備的影音藝術水準，不可忽視的是擁有強大的攻擊性武器（文字、網攻），國防能力堅強。

　　當然，我，以及許多人還沒有註冊到這個國度當公民，或者大家目前都擁有文學和網路文字的雙重國籍，遊走兩邊。所以我看到下面這樣的文字還是會心中欣喜，滿心暢快：

　　我接過帶子放進背包裡，是「黃河大合唱」的音樂帶，才聽到帶子跌入背包底的輕微聲響，我便趕忙扣緊背袋，彷彿怕黃河的浪濤一不小心便將濺在我的手臂、我的額頭上。（註❺）

　　因為聽過無數遍「黃河鋼琴協奏曲」（又是古典樂！），所以覺得親切，知道黃河的水浪滔天，每次聆聽都會濺得水珠滿臉。

　　還喜歡下面這段：

　　能飲善飲而又寫得一手好詩的，恐怕千古唯青蓮居士一人。「鐘鼓饌玉不足貴，但願長醉不願醒，古來聖賢皆寂寞，唯有飲者留其名。」字字都含酒香，如果把他所有寫酒的詩拿去壓榨，也許可以榨出半壺高粱酒來。（註❻）

　　因為讀過（誰沒讀過？不用舉手，一定是外國人）李白，所以看到這段的最後，嘴角自然泛起微笑，然後想起多年前在一個山區景點的館子裡，老闆用「全螢幕」的手法把這首〈將進酒〉印在四面大大的壁堵上，簡直頂天立地般，無聲播放著李白這曲高歌。看著看著，我老年人感時傷逝的毛病又發了，竟哀傷不已。尤其讀到「人生得意須盡歡」，讀到「千金散盡還復來」，竟有一股強烈的激動。是因為太缺乏嗎？所以這麼視若珍寶。命中缺酒的我，就在當時皈依了李白。

　　說這些，不是為了替文學扳回一成。江山代有才人出，不管輪替而來的是哪一類，終歸是才人，總是會創作出讓我們激賞的作品。

　　曾經瀏覽了網頁的論壇，找了一名網友的發文，他問大家「最高境界的炒飯？」哪裡找。還 po 了備註，無非是周星馳在「食神」裡的梗。我請同學用網路的方式回他，得到底下：

- 很簡單！這問題去問炒飯高手－你爸媽吧！（吳佳勳）
- 什麼炒飯都比不上爸媽炒出來的。（林振榮）
- 會問這個問題，就代表你不是你爸媽炒出來最高境界的炒飯。呵呵～（石宜慧）
- 有啊，叫你女朋友跟你炒。（張殷慈）
- 餵食母雞吃上好的米，靜候幾小時，肚子裡的蛋和米經過母雞完美翻炒，牠的屁股將會幫你盛上一坨最高境界的炒飯。（謝孟蓉）
- 麻煩左轉美食版。（程名巧）

- 用想像的，怎麼吃都最高境界。（黃亦農）

- 別人出錢請的炒飯，就是最高境界的。（胡亞璇）

拿爸媽當梗也不避諱，的確有網路文字的血統。又一次，很久前電影「再見了，可魯！」當紅時，有人在網路上發了續集，文多只截取前幾句：

「再見了，耶魯」一段力爭上游考上哈佛的故事

「再見了，咕嚕」一段魔戒無止境續集的故事

「再見了，隆乳」一段胸膛努力挺起的故事

然後我請同學為它來個加長版，原本以為已寫到盡頭了，沒想到結果很豐碩：

「再見了，洗髮乳」一段與頭髮奮戰，最後賠光所有髮絲的悲劇（李羿靜）

「再見了，用手ㄌㄨㄟ」一段洗衣機發明前的艱辛故事（陳誼珊）

「再見了，核反應爐」一段發生在台灣吵半天卻不知道在吵什麼的故事（顏海峰）

「再見了，矽膠乳」一段因欺騙而使得男友剛開始很興奮後來很抓狂的故事（楊雅筑）

「再見了，被褥」一個想翹課的學生遇到機車老師的故事（黃沛嘉）

「再見了，母乳」一段因長大而背棄母親、投奔麥當勞叔叔的故事（李安珮）

「再見了，葫蘆」一段賣藥卻不知道藥名的故事（林孟儒）

「再見了，約翰走路」一則被抓進勒戒所的悲慘遭遇（陳心慧）

「再見了，金爐」一段為了環保而讓死人拿不到活人錢的故事（盧冠穎）

「再見了，三點不露」一幕幕男人們在電影院內咬牙切齒的故事（蔣祖江）

這就是本書的最後單元。算是作者文學心情的反應，也為了標記令人不能視而不見的網路文字，所以用了這樣散漫、隨想的寫法…。

但作業還是要的：

── 練　習──

1.　為網友找「最高境界的炒飯」。

2. 為可魯加續集。

3. 或是為媽媽製作卡片。

4. 至於 83 歲的壽星感言，就不必了吧！但如果你堅持，那
   就…。

 得分 _____

註

❶ （沈志方《書房夜戲・致某部長》）

❷ （關紹箕《實用修辭學》）

❸ （隱地《法式裸睡・孤單》）

❹ （羅葉《蟬的發芽・裁縫》）

❺ （楊明《我以為我有愛・黃河在我夢裡氾濫》）

❻ （洛夫《洛夫隨筆・詩人與酒》）

参考書目 REFERENCE

1. 布裕民、陳漢森，《寫作語法修辭手冊》，書林出版有限公司。

2. 林慶昭，《寫作字句詞語寶典》，出色文化。

3. 張春榮，《一把文學的梯子》，爾雅出版社有限公司。

4. 張春榮，《修辭萬花筒》，駱駝出版社。

5. 張春榮，《實用修辭寫作學》，萬卷樓圖書股份有限公司。

6. 譚全基，《修辭薈萃》，安徽大學出版社。

7. 余青錦，《作文高手－作文滿分的八堂課》，商周出版。

8. 李婉華、潘溫文，《活學讀與寫》，書林出版有限公司。

9. 曹綺雯、周碧紅，《寫作基本法》，書林出版有限公司。

10. 關紹箕，《實用修辭學》，遠流出版事業股份有限公司。

筆尖金句獎

凡寫過，必留下墨跡。請選出您在本書最得意的六個句子（或段落），誌刻於此

1.

2.

3.

4.

5.

6.

完成 — 後記

（源自第二枝筆）

國家圖書館出版品預行編目資料

筆尖上的中文 / 施忠賢編著. -- 第二版. -- 新北市：
新文京開發, 2018.12
　　面；　　公分

ISBN　978-986-430-462-2（平裝）

1.漢語教學　2. 語文教學

802.03　　　　　　　　　　　　　　107021531

筆尖上的中文（第二版）　　　　　　　　　（書號：E416e2）

編 著 者	施忠賢
出 版 者	新文京開發出版股份有限公司
地　　址	新北市中和區中山路二段 362 號 9 樓
電　　話	(02) 2244-8188（代表號）
Ｆ Ａ Ｘ	(02) 2244-8189
郵　　撥	1958730-2
初　　版	西元 2015 年 08 月 01 日
二　　版	西元 2019 年 01 月 01 日

新文京開發出版股份有限公司

NEW
WCDP

新世紀‧新視野‧新文京 ─ 精選教科書‧考試用書‧專業參考書